소중한 마음을 담아

_____님께 드립니다.

있잖아요
미안해요

평범한 이웃들의 웃음 + 눈물 따뜻한 치유 이야기

# 있잖아요 미안해요

**1판 1쇄** | 2009년 9월 14일
**1판 6쇄** | 2009년 11월 5일

**지은이** | 이미연 외
**펴낸곳** | 도서출판 수선재
**펴낸이** | 유성민
**편집팀** | 최경아, 윤양순
**영업팀** | 권성진, 조영재

**출판등록** | 1999년 3월 22일(제 1-2469호)
**주소** | 서울 종로구 적선동 19번지 2층
**전화** | 02) 737-9454
**팩스** | 02) 737-9456
**홈페이지** | www.Suseonjaebooks.com

ISBN 978-89-89150-58-9    03810

잘못된 책은 바꾸어 드립니다.
저자와 협의하여 인지는 생략합니다.

평범한 이웃들의 웃음 + 눈물 따뜻한 치유 이야기

있잖아요
미안해요

글 이미연 외

수선재

# 있잖아요
## 미안해요

지금 당신은 행복하신가요?

이 질문에 바로 행복하다고 대답하는 사람이 얼마나 될까요?

누구나 행복해지고 싶어 하는 인생,

사람들은 인생에서 밝은 면을 보아야 행복해진다고 말합니다. 하지만 말 못할 혼자만의 미안함, 미움, 원망을 가진 사람들에게는 말만큼 쉬운 일이 아닙니다. 그것은 마음속의 무거움을 털어내고, 비워져 상처가 아무는 과정을 지나야만 가능한 일입니다.

여기 인생의 어두움을 털고 새로운 눈으로 삶을 재조명하는 사람들이 있습니다. 바로 명상학교에서 명상하는 평범한 이웃들이 그 주인공입니다. 성장통으로 아팠던 삶의 상처가 사랑으로 따뜻하게 치유되어가는 과정을 웃음과 눈물이 어우러진 30편의 이야기에 풀어놓았습니다.

이웃들은 자신에 대한 성찰을 통해서 미움과 원망의 대상은 타인이 아닌 바로 자신임을 알게 되었다고 합니다. 결국은 그들 모두를 사랑하게 되었다고 합니다.

삶의 고통은 자신을 성장시키는 자양분임을 알게 되니, 그동안 미워하고 원망했던 사람들에게 미안해지기 시작했다고 합니다. 용기내어 미안함을 전하니 사랑을 찾게 되고 인생이 더없이 소중해졌다고 합니다.

이제는 보다 넉넉해지고 따뜻해진 마음을 함께 나누고 싶어 '있잖아요 미안해요' 라는 제목으로 책을 발간하게 되었습니다.

차마 말하지 못하는 미안함이 있다면, 옆의 누군가가 계속 미워진다면, 주어진 조건을 원망하면서 인생을 소비하고 있다면…

진심을 담은 사과의 말을 통해 상처를 치유해가는 이웃들의 이야기를 따라 함께 울고 웃는 동안 당신의 삶도 어느덧 가벼워지고 행복해질 것입니다.

2009년 9월 편집부

# contents

## 매일매일 나는 조금씩 치유된다

## 있잖아요 미안해요

# 가슴속에서 반짝이는 말

아버지는 지난 일을 두고두고 미안해하신다.
나는 속으로 아버지를 속여 두고두고 미안해한다.
아버지는 잊으셨겠지만 내 가슴엔 멍울로 남아있다.
"차마 아버지의 슬픈 눈을 바라보며 진실을 말할 수 없었어요.
아버지 죄송해요."
언젠가는 용기 내어 말할 날이 있을 것이다.

# 청평호에서

까만 어둠 위로 반딧불 같은 별들이 아른거립니다. 이내 한줄기 서늘한 바람이 불어와 작은 물결이 일더니 별빛들이 부서지는군요.

'청평호清平湖'

저는 지금 청평 호숫가에 앉아 수면 위에 떨어진 밤하늘을 내려 보고 있습니다. 오늘처럼 밤이 맑은 날이면 낚시를 핑계 삼아 홀로 이곳 청평호에 오곤 합니다. 서울과 가까우면서도 아직은 청정한 곳이어서 가끔 별빛 위로 나는 반딧불을 볼 수 있는 곳이지요.

모두가 잠든 새벽, 적막 속에 한참 물 위를 보고 있노라면 문득 산이, 물이 숨 쉬는 소리가 들리는 듯합니다. 아니 소리를 듣는 것이 아니라 느낀다는 표현이 맞겠습니다. 온몸을 감싸는 그 느낌이, 그 별빛이, 그 적막이 좋아 자꾸 저는 이곳에 와있는지 모르겠습니다.

이렇게 맑고 깊은 밤의 호수를 보고 있노라면 제겐 늘 떠오르는 사람이 한 사람 있습니다. 30여 년간 제 가슴속에 묻어두고 살아온, 아니 저의 한 부분을 함께 살아온 사람이지요.


김영金永.

바로 제 눈앞에서 교통사고로 세상을 먼저 떠난 동생입니다. 볼이 빨갛고 유난히 검은 눈동자를 가졌던 동생은 아마도 제가 기억하는, 세상에서 가장 맑고 깊은 눈망울일 것입니다.

너무도 착했던 그리고 늘 제 뒤를 졸졸 따라다니던 동생은 어린 시절, 여섯 살 되던 해에 길 건너편에서 손짓하던 저만 바라보고 길을 건너오다가, 제가 보는 바로 앞에서 집채만 한 차에 치여 그 자리에서 세상을 먼저 떠났습니다.

가장 사랑하던 형제의 죽음을 그렇게 경험하였고 그 후로 저는 평생 죄책감을 제 안에 두며 동생 몫까지 두 배를 살아야한다는 의무감을 안고 살아야했습니다. 그러면서 늘 인생이란 허무하고 덧없다는 생각을 그리도 자주하게 되었지요.

당시 충격으로 몸져누우셨던 어머니 몰래 아버지는 화장을 한 동생의 유골을 어느 호숫가에 뿌렸다고 하였습니다. 그 후, 그곳이 어디인지 그리도 알고 싶었으나 끝내 저는 그곳이 어딘지 알지 못하였습니다.

사무치도록 미안하고 모든 것을 바쳐 용서를 구하고 싶은 마음은, 오늘처럼 물가에 앉아있을 때면 이내 마음속으로 동생의 이름을 불러보곤 했습니다.

꿈에서라도 만날 수만 있다면… 엎드려 제 마음을 전하고 그저 용서를 구하고 싶었기 때문이지요. 가장 많이 상상하던 모습은 동생이 웃으며 저를 용서하고 안아주는 그런 모습이었습니다.

이곳 청평호에 오는 길에 술 한 병 사올 때면 술잔은 언제나 두 개를 준비하곤 했었습니다.

"살아있었다면 올해 네 나이가 벌써 ○○이겠구나…"

혼자 소리를 하면서 별을 동생 삼아 집안 이야기도 하고 고민거리를 이야기하곤 했었지요. 그러면서도 저의 기도는 늘 간절할 수밖에 없었고, 불가능하겠지만 동생이 어디에 어떻게 있는지 알고 싶었고, 동생을 위해 무어든 내가 할 수 있는 방법을 찾고 싶었습니다.

언젠가 한 친구는 내게 그리 살지 말고 이젠 잊으라고 그렇다고 네가 죄인은 아니지 않느냐고 묻더군요. 그러나 죄인은 아니되 죄는 많은 것 같았습니다.

'업業'

수많은 업들!!

나는 나이되 나 혼자의 나가 아닌 것 같았습니다. 내 주변에 수없이 많았던 과거 속의 사람들과 또 앞으로 만나게 될 사람들, 그들과의 관계 속에서 실타래처럼 서로 엉켜있는 모습의 파노라마가 바로 나의 모습인 것 같았습니다. 제 동생하고처럼 말이죠.

풀고 싶었고 벗어나고 싶었습니다. 해원하고 싶었고 훨훨 자유롭고 싶었습니다. 앎의 반대편에 대한 무지와 두려움에서 벗어나고 싶었습니

이렇게 맑고 깊은 밤의 호수를 보고 있노라면
제겐 늘 떠오르는 사람이 한 사람 있습니다.
30여 년간 제 가슴속에 묻어두고 살아온
아니 저의 한 부분을 함께 살아온 사람이지요.

다. 그 몸부림은 어쩌면 지금까지 나를 이리 살아오게 하고, 그 마음을 간직하게 해준 힘이 되었는지 모르겠습니다.

그러고 보니 오늘처럼 이렇게 청평 호숫가에 앉아서 밤하늘을 바라본 지도 꽤 오랜만인 듯합니다. 그리도 좋아하던 곳이었는데 아마 몇 년은 된 것 같군요. 돌이켜보면 어쩌면 그동안 앎의 반대편에 대한 무지, 죽음에 대한 무지가 조금 덜어졌기 때문일까요?

삶과 죽음을 왕래하며 반복되는 여정과 그 안의 경험을 통해 진화해야 하는 우리는 탄생과 죽음 역시도 경험해야 할 대상의 하나임을 어렴풋이나마 알게 되었기 때문인 것 같습니다.

또한, 중요한 것은 과거 속의 일이 아니라 좀 더 가볍게, 좀 더 자유롭게 되고자 서로의 진화를 함께 이루어야 하는 지금 이 순간이며, 그 길만이 이전의 업을 선仙한 고리로 푸는 방법임을 알았기 때문이고요.

지금은 서로 다른 세상에 있지만 한없이 가벼워져 언젠가 하늘 끝 한 점에서 서로 만날 수 있다면, 그것은 어쩌면 죽음을 통해 만들어진 동생과의 연緣을 가장 값지게 할 수 있는 일이 아닐까요?

그렇게 만나게 된다면,

"사랑하는 나의 착한 동생아~ 이제 형을 용서할 수 있겠니?"

하며 뜨거운 가슴으로 꼭 안아주고 싶습니다.

어느새 시간이 많이 흘렀네요. 청평호의 저 건너편 산 위로 먼동이 트고 이제 날이 밝아지고 있습니다. 예전에도 그랬듯이 새벽이 들어 수면 위로 물안개가 피어오르는 모습은 언제나 장관입니다. 보일 듯 말 듯 연기처럼 희미한 그 사이로 이름 모를 새들이 날아오를 때면 진한 커피 한 잔을 마지막으로 짧은 작별을 하곤 했었지요.

그때처럼 하늘을 바라봅니다. 예전에도 집으로 돌아오는 길에 바라볼 라치면 늘 제게 위안이 되어주던 파아란 하늘! 변함없는 저 하늘은 아마 그때의 나의 모습을 아직 기억하고 있을까요? 또 지금의 나의 모습은 어떻게 바라보고 있을까요? 어쩌면 그리도 궁금해 하는 제 동생의 모습도 함께 바라보고 있을지 모르겠습니다.

문득… 그렇다면 저 하늘 너머가 궁금해지는군요. 오늘 밤엔 뭉게구름을 건너고 저 하늘을 넘어 동생을 만나는 꿈을 꿔보고 싶습니다.

---

워낙에 씩씩하신 분이라 그런 사연이 있는 줄 몰랐습니다. 글과 청평호의 풍경이 왠지 짠하니 아름답게 느껴지네요.

정말 사연 없는 분들이 없는 것 같아요. 님께도 그런 사연이 있으셨다니…. 동생은 좋은 곳에 잘 있을 테니, 이젠 훌훌 털어버리시길 바라봅니다.

님이 살아오셨던 삶의 무게가 조금이나마 느껴집니다. 동생분께서는 그 마음을 일찌감치 받으셨을 거예요.

동생분은 좋은 곳에서, 편안하게 계실 거예요. 지금의 형을 보면서 너무나 뿌듯해하고 자랑스러울 것 같습니다. 아직은 미래의 모습이지만, 하늘에서 뜨겁게 포옹하며 웃을 두 분의 행복한 모습을 그려봅니다.^^

지은이 김진성 1968년생 | 무역회사 운영

어느새 불혹. 허나 여느 때와 마찬가지로 예측할 수 없이 바쁘게 지나가는 일상들.

이른 아침부터 늦은 밤까지 때로는 주말도 잊은 채 격무와 접대로 하루하루를 보내면서도 지금 나는 과연 내가 원하는 대로 나의 삶을 살고 있는지, 아니면 세파에 떠밀려 살아지고 있는지, 까닭 모를 허무함이 연기처럼 피어오를 무렵 한 권의 책을 읽고 명상을 접하게 되었습니다.

나를 힘들게 했던 나의 여건들, 주변들, 특히 동생의 죽음에 대한 기억과 죄책감!

내 안의 여러 가지 것들이 명상을 통해 생生과 사死에 대한 바른 앎과 성찰이 생기면서 스스로 치유되었고, 지금까지 모든 인연과 나 자신에게 진정한 감사와 사랑을 체험하게 되었습니다.

이제는 빠질 수 없는 일과가 되어버린 새벽 명상…!

격格이 있는 행복을 즐기고 또한 나를 성장하게 해준 분들과 이 행복을 나누기 위해 가정에서 직장에서 누구누구의 남편 혹은 ○○장이기보다는, 한 사람의 '명상인'으로 '자연인'으로 함께 살아가길 희망합니다.

# 팔이 하나 더 생겼어요

"요즘 제게 팔이 하나 더 생겼어요."

"그럼 팔이 세 개겠네요?"

"그랬으면 좋겠는데, 사실은 팔이 없다가 이제야 하나 생긴 것이거든
요."

"무슨 말인지 도통 알 수가 없군요."

"그럼 팔이 왜 하나인지 짧고도 긴 얘기를 하나 해 드릴게요. 들어주
시겠어요?"

"궁금하네요. 어서 시작해 보세요."

"좋아요. 그럼 시작할게요. 시작하기 전에 물 한잔 마셔도 될까요? 워
낙 오래전 일이라 기억을 좀 더듬어야 하거든요. 음, 시원해. 역시 물맛
은 냉수가 제일인 것 같아요. 호호."


그 사고가 나던 해가 1999년 8월말이니까 벌써 10년이란 세월이 흘

렀네요. 당시 저는 세탁소를 운영하고 있었죠. 아버지는 평소 말이 없으셨지만 은근히 재미난 분이셨고요. 저는 나름 똑똑하단 소릴 곧잘 듣곤 했지만 사실은 덜렁대기 일쑤인 아가씨였지요. 그런 부녀가 둘이서 세탁소를 시작한 거예요.

햇수로 2년이 다 되어갈 무렵 저는 하루가 25시간이어도 모자랄 정도로 일을 하고 있었고, 아버지는 세탁물 배달하시느라 아파트 계단을 오르내려야 하는 힘겨움으로 연일 고단함의 연속이었지요.

언제나 자유를 갈망하며 비상할 생각만을 해오던 저는, 매일 되풀이되고 먼지가 켜켜이 쌓여가는 세탁소 일에 자신이 먼지투성이가 되는 것 같아 슬그머니 부아가 치밀어 올라도 참고 또 참기를 거듭하고 있었고, 아버지는 당신대로 마음을 어디 털어낼 곳도 없이 그날그날을 버티고 계셨죠.

그러던 어느 날, 아버지와 저는 사소한 일로 약간의 언쟁이 있었고 서로 생각하는 바가 다르다고 표현하면 될까요? 그렇게 냉랭 전선이 형성된 상태였지요.

이른 아침 출근길인데, 새벽부터 비가 내리고 있어서 마치 밤인양 주위가 어두컴컴했었죠. 그날따라 아버지가 새로 뚫린 도로로 가자고 하시는 거예요. 저는 내심 싫었지만 아무 내색 없이 동의를 하였고 아버지는 천천히 차를 몰아 운전을 하셨죠.

세탁소에 거의 다 왔을 무렵, 급정거하는 소리에 놀라 눈을 번쩍 떠보니 이미 우리 자동차는 앞에 있는 버스를 향해 미끄러지고 있는 중이었죠. 마치 슬로우 비디오를 보는 듯, 어쩌면 버스와 제 코가 부딪히겠다고 생각하는 찰라 쾅! 소리와 함께 몸이 튕겨져 앞으로 나가고 있었지요. 순간 이런 생각이 들더군요.

'아, 이게 죽는 것인가? 내가 정말 진짜로 죽는 건가? 이대로 죽으면 어떻게 되는 거지?'

0.1초도 안 되는 아주 짧은 그 순간에 마치 고속 필름을 돌리듯 제 머릿속에는 죽음에 관한 여러 생각들이 마구마구 돌아가고 있었던 거예요. 참 신기한 경험이었지요.


그렇게 사고가 나고, 세탁소를 시작한 지 2년이 다 되던 날, 다른 이에게 넘겨 버렸지요. 정말 지긋지긋하게 제 발목을 잡던 무엇인가가 스르르 풀리던 느낌이었어요. 그런 느낌 들어본 적 있으세요? '이제 난 정말 자유다!' 하는 그런 느낌 말이에요. 아님, 10년 묵은 체증이 확 내려가서 가슴이 시원하게 뻥 뚫리는 느낌이랄까? 호호호. 아무튼 전 정말 하늘을 나는 기분이었죠.

주말도 휴일도 없이 2년을 보낸 것을 보상이라도 하듯 읽고 싶었던 책을 마음껏 읽었으니까요. 글쎄 한 달에 책을 80권 이상 읽었지 뭐예요. 그렇게 죽자 살자 책을 읽어가며, 다친 다리 물리치료 해가며 지내기를 넉 달하고 나니 그마저 시들해지더군요.

넉 달 동안 책을 읽으며 들었던 생각은, 하필 그 사고가 왜 나한테 났을까? 나의 무엇이, 아님 아버지와 나의 무엇이 사고를 나게 했을까? 그런 것이었죠. 이대로 살아야 하나? 내 인생 이대로 좋은가? 내 꿈은 뭐였지? 뭔가가 있을 듯한데 도저히 답이 나오지 않는 거예요. 그래서 혹시나 답을 얻을 수 있을까 하는 마음에 서점을 찾아갔었죠.

'인생을 제대로 살아라.'

'성공하려면 지금부터라도 시작해라.'

'인생이 뭐 별거냐? 여행이 곧 인생이다.'

'사주에 네 인생 다 나와 있다.' 등등.

갖가지 종류의 책들이 저마다 모양새를 뽐내고 있었지만, 제 눈에는 명상으로 마음을 다스리는 방법을 적은 소박한 모양의 책이 눈에 확 들어오더라고요.

그렇게 해서 명상을 시작하게 되었지요. 참 묘한 일이더군요. 명상을 하게 되니 제가 평소에 궁금하게 여겼던 물음들이 조금씩 실마리가 보이기 시작하는 거예요. 내가 왜 태어났는지, 무엇을 하며, 어떻게 살아가야 하는지를….

일 년여를 명상을 하던 중, 당시 사고 났던 다리의 후유증이 커져서 무릎연골 이식수술을 받아야 했지요. 그리고 두 발을 목발에 의지하는 생활이 시작된 것이죠.

하지만 명상의 힘이었을까요?

저는 담담하게 받아들였지만, 오히려 부모님께서는 통곡을 하시며 아파하셨지요. 사실, 저는 제 몸의 아픔보다 부모님께서 아파하시는 그 마음이 더욱 가슴 아팠죠. 언젠가 어머니께서 지나가듯 이런 말씀을 하셨어요.

"너도 마음이 힘들고 몸도 아팠겠지만, 우리는 마음이 다 타서 까맣게 재만 남았을 게다."

그 말씀을 듣는 순간, 저는 아차 싶었지요. 집안에 한 사람이라도 아플 양이면 온 집안 식구들이 같이 아파한다는 평범한 사실을 그제야 깨달은 것이죠.

'내가 이렇게 주저앉아 있을 순 없구나! 그동안 가족들에게 얼마나 고통을 주었을까.'

가족들에게 미안한 마음을 이루 말할 수가 없었지요. 그때부터 저 자신과의 줄다리기가 시작되었어요. 건강했을 때의 모습을 간직하며, 그대로 살아가기로 결심을 하고 누구보다도 열심히 살아나갔죠. 몸이 회복되는 동안 운동도 하고, 명상도 하고, 설거지도 하고, 방청소도 하고, 간혹 부모님을 웃겨드리기도 하고.

몸이 힘들어도 마음만은 밝게 가지고 생활한 것이죠. 그러니까 부모님도 차츰 제게 신경을 덜 쓰시게 되고, 제 일은 제가 스스로 하도록 내버려 두셨죠. 그래도 옆에서 계속 지켜보고 계심을 잘 알고 있었죠.

부모님의 사랑은 내리사랑이라고 했던가요? 그렇게 한없이 베푸는 사랑 앞에서 저는 조금씩 회복되고 있었어요. 그래도 목발은 계속 짚고 다녀야 한대요. 한쪽 다리의 연골이 거의 없어지고 뼈가 많이 닳아서 그냥 걷기에는 무리가 있었거든요.

그렇게 해서 시작되었지요. 제 인생에서 떼려야 뗄 수 없는 목발과의 인연이…. 2001년부터 시작해서 지금이 2009년이니 9년이 얼추 되어 가네요. 처음 사람을 만날 때면 맨 먼저 듣는 질문이,

"어머, 어떻게 하다 사고가 나셨어요?"

그러다가 시간이 좀 지나게 되면,

"목발은 언제 떼게 되시나요?"

아마 저도, 저 같은 사람을 만나면 분명히 그런 질문들을 했을 테지요.

"글쎄요. 당분간은 목발을 짚고 다녀야 한대요. 얼른 나아서 떼야지요. 호호."

그렇게 말하곤 했답니다. 그런데 평소 다닐 때는 참 편리한 목발이 막상 무슨 일을 하려고 하면 불편하기 그지없는 거예요. 다리는 편한데 손을 사용할 수가 없는 거지요. 아니 우째 이런 일이.

'그래도 앉아서는 손을 쓸 수 있으니 얼마나 감사한 일인가! 대신 발보다 손에 집중하자!'

그런 생각으로 살아왔지요. 여전히 목발을 짚은 채로요. 목발 없이도 다녀봤지만 다리에 무리가 오더라고요. 연골이 없는 뼈가 제멋대로 돌아다니니 목발을 짚고 다니는 것이 당연했지요.

그런 저의 생각을 누군가가 깨부순 일이 생겼어요.

"이모! 이모는 여기서 저기까지 그냥 걸어볼 생각 없어? 언제까지 여

한 손에 우아하게 책도 들고.
찻잔을 올려 배달도 하고.
박스 상자까지도 한 손으로 들고 다녀요.
그러니 팔이 하나 더 생길 만하지요?^^

기에 의지해서 살 거야?"

어린애라고 생각했던 초딩 2학년의 말이 가슴을 후벼 파고 들어왔지 뭐예요, 글쎄. 그래서 그때부터 50미터 되는 길은 그냥 걸어봤지요. 처음엔 조금만 걸어도 무릎 뼈가 아파왔어요. 하지만 그렇게 걷다보니 100미터 정도까지도 이젠 목발 없이 살짝살짝 걸어도 괜찮아졌지요.

어느 날인가, 목발을 하나만 짚고 나갔다가 올 때는 잊어버리고 그냥 온 거예요. 호호. 그래서 뒤따라오던 분이 목발을 대신 들고 오셨지요. "이젠 목발이 짐이 되려나 봐" 하고 크게 웃었어요. 그 이후로 요즘은 가까운 곳을 다닐 때면 목발을 하나만 짚고 다닌답니다. 그러니 목발을 짚느라 쓸 수 없게 된 예전에 비하면 팔이 하나 그냥 생겼잖아요? 그렇죠? 얼마나 신나던지요.

한 손에 우아하게 책도 들고. 예전엔 두 손은 목발을 짚어야 하기에 항상 배낭 안에 책을 넣어 다녔었는데 말이죠. 찻잔을 올려 배달도 하고. 예전엔 누군가가 들어주어야 했지요. 심지어 박스 상자까지도 한 손으로 들고 다녀요. 아주 신나서 말이죠.

그러니 팔이 하나 더 생길 만하지요? 원래 있던 두 팔이 목발을 짚고 다니느라 그동안 얼마나 외롭고 서러웠을까?

"아니라고? 그동안 목발과 꽤 친해졌다고? 이 녀석 좀 보게."

"나 대신 다리 역할을 해서 고마웠다고? 어머머머머… 얘네들이 정말.^^"

"어머? 주무시는 거예요? 냉수가 다 식어 미지근해져 버렸네. 제 얘기 너무 지루했죠? 오랜 만에 들어주는 분을 만나 그만 주저리주저리 길어져 버렸네요. 그래도 여기 냉수는 물맛이 정말 좋네요. 호호호."

즐거운 너네집

즐거운 우리집

나만 힘든 줄 알고 투덜투덜~~~ 경아님을 뵈면 제가 늘 부끄러워요. 그 강인함과 긍정 마인드를 배워갑니다.^^

나날이 밝아지시는 모습을 보면서 저도 즐거웠습니다. 경아님은 따스함이 저절로 흘러나오는 것 같아요. 언제나 파이팅입니다.

이렇게 풀어서 쓸 동안 외로운 전쟁을 많이 치르셨겠지요? 항상 건강 조심하셔요.

밝은 파장이 밀려옵니다. 무엇이든 받아들이는 바다 같은 마음의 소유자시네요. 아픔을 승화시킨 넓은 마음과, 웃음으로 주변을 밝게 해주셔서 참 좋습니다. 경아님!! 사랑합니다.*^^*

팔이 왜 셋인지 궁금증이 컸습니다. 덤덤하게 털어놓는 이야기가 덤덤하지 않습니다. 사랑의 마음을 가진 분인 것 같습니다.

지은이 김경아 1969년생 | 자유인

평범한 가정에서 태어나 평범한 학창시절을 보냈습니다. 그러나 대학을 졸업함과 동시에 몸이 급격히 나빠지고, 병원에 입원을 하니 '소아당뇨'라는 병명을 붙여 주었습니다. 그때부터 제 인생은 병과의 싸움이 시작되었고, 머리에서 발끝까지 성한 곳이 하나도 없게 되어버렸습니다.

'내 인생이 어쩌려고 이러는 것일까…?' 숱한 생각과 번민 속에서 하루하루를 꼴깍꼴깍 살아내고 있었습니다. 그러다 명상을 만났고, 명상은 저에게 감사하는 마음과 자유를 주었습니다.

최근에는 신장이식수술 등 여러 번에 걸쳐서 수술을 했지만, 언제나 부모님, 도반님들의 사랑으로 이렇게 건강하게 자리매김하고 있습니다.^^

그동안 서로에게 힘이 되어준 목발과 팔과 다리에게 감사한 마음을 전합니다. 오랜 세월을 자식이 행여 다칠세라 또 아플세라 전전긍긍하시며 시름을 놓을 날이 없으셨던 부모님께도 죄송하고 감사한 마음을 전합니다.

또한 제가 지금 이 자리에 있기까지, 손과 발이 되어준 모든 분께 미안하고 감사한 마음을 전합니다. 모두 감사드리구요. 많이 사랑합니다. "♡"

# 라면 한 그릇

8시 아침식사

12시 점심식사

3시 간식

6시 저녁식사

9시 우유

여행 일정처럼 보이는 시간표는 시아버님의 식사 스케줄입니다. 10분만 지나도 식탁에 나와 앉으셔서 왜 밥을 안 주냐고 호통을 치시는 분입니다.

시아버님은 올 구정 1주일 전에 우리 집으로 오셨습니다. 시어머님이 병원에 입원하시게 되자, 84세의 불편한 노구와 약간의 치매기로 시골 집에 혼자 계실 수가 없어서요. 두 분이 우리 집을 향해 출발하셨다는 전화를 받는 순간 머릿속에서는 쿵쿵 온갖 소리가 난무하기 시작했습니다.

'아~ 우짤꼬? 할 일이 태산인데!'

부서장으로 부임해 처음 시도하는 외국인들을 위한 캠프 준비도 해야 하고 재무파트도 맡고 있어서 세무신고 준비도 해야 하고 등등. 온갖 발자국소리가 머릿속을 강타하기 시작했습니다.

구정 다음다음날. 시어머님은 서울대 응급실로 실려가 수술을 받으시고 장기간 입원을 하시게 되었습니다. 간에 구멍을 뚫고 염증을 제거하는 수술을 하고 소장, 폐, 신장 염증에 당뇨병까지 온갖 병증이 드러나기 시작했습니다. 24시간 병간호가 필요한 상황이었습니다.

주위에서는 간병인을 붙이라고 조언을 했지만, 평생 시부모님을 봉양하지도 않은 며느리가 댓바람에 타인에게 병수발을 맡긴다는 것이 뭔가 바르지 못하다는 생각이 들었습니다.

아랫동서에게 우리끼리 한 달 동안이라도 교대로 입원근무(?)를 하자고 설득했습니다. 입원 기간이 길어지면 그때 간병인을 쓰자고. 흔쾌히 동의하는 동서가 고마웠습니다. 남편에게는 이렇게 협조를 구했습니다.

"외국인 캠프 등 내가 해야 할 일이 많다. 해외의 외국인들을 초청하는 행사로, 오랫동안 준비해온 일이라 여기서 절대 포기할 수 없다. 만일 이번 일로 내 마음이 불편해지고, 부모님을 돌보지 않는 다른 형제들에게 불만을 가지면 형제간에 불화가 생길 것이다. 이 우환의 중심에 큰며느리인 내가 있는 것 같다. 白씨인 내가 잘 처신하면 朴씨 가문에 평안이 오고, 내가 심통을 부리기 시작하면 불화의 태풍이 몰아치게 될 것이다."

협박이 아닌 진실로 그런 생각이 들어서 솔직하게 얘기를 했습니다.

"그러므로 다른 형제들은 평상시처럼 자신의 일을 하도록 내버려두고 당신과 내가 업무협조를 잘해서 스케줄대로 움직이면, 형제간의 불화도 안 생기고 나도 직장을 챙길 수 있고 아버님과 어머님께도 효도를 하게 될 것이다!"

물론 남편은 미안해하며, 속으로는 좋아라 했을 것입니다.

둘이서 집안 청소도 열심히 하고 교대로 아버님의 식사도 챙깁니다. 아침식사를 하고 어머님이 좋아하시는 국이나 반찬을 챙겨 병원 교대를 하러 집을 나섭니다. 사무실에 들러 직원들에게 눈도장을 찍고 인사동에 들러 캠프 진행상황 등도 챙겨보고는 입원실로 출근합니다.

간병은 생전 처음 하는지라 참 배울 것이 많습니다. 병동게시판에는 다양한 병증에 대한 정보와 처방, 안내가 가득합니다. 24시간 병실을 드나드는 간호사들의 면면을 살펴보며, 그들의 직업의식이나 마음상태를 느껴보기도 하고, 전문 간병인들의 다양한 얘기에 동참하기도 하고, 특정 질병 분야에서 유명한 의사선생님의 몰상식한 언행에 분개하기도 하고. '도처에 배울 거리와 배울 스승이 있구나!' 생각하니 병원생활이 즐거울 정도였습니다.

평생 남편과 자식만을 위해 살아오신 어머님이 안쓰러워서 진심으로 간호와 말동무를 해드리니 당신의 딸들보다 큰애와 있는 것이 더 좋다고 하십니다.

어머님께 농담을 합니다. 무슨 복이 많으셔서 이렇게 늦은 나이에 호강을 하시냐고.^^ 때가 되면 일류 영양사가 준비한 밥을 척 대령해, 큰며느리가 먹여줘, 옷이 더러우면 세탁실에 던져 넣기만 하면 돼, 목욕도 시켜줘, 많은 분들이 문안드리러 와, 용돈도 놓고 가니,

"어머니! 말년에 복 터지셨네요!~~~"

병실에 웃음꽃이 핍니다.


어머님의 병수발을 잘해 드리는 동안 치매기가 점점 심해져가는 아버님은 밤새 속옷에 오줌을 지려놓고, 은근슬쩍 벗어서 새 내복처럼 잘 개켜서 깔끔하게 정리를 해놓으십니다. 깔끔한 옷 정리에 음모(?)가 있다고 판단한 남편과 저는 아침마다 냄새나는 내복을 찾아내느라 코가 바빠집니다. 화장실 청소를 하고 밥을 챙겨드리고 해소기침약을 잡수시게 하고. 이렇게 매일매일의 새아침은 시작되었습니다.

낮에는 쿨쿨 주무시고 밤에는 집안의 불을 다 켜고 방에서 거실로 돌아다니십니다. 워낙 잠을 잘 자는 나는 쿨쿨, 남편은 밤새 아버님과 실랑이로 고혈압에 걸릴 지경.

어느 날 외출 준비를 하는데 우유를 사오라고 하십니다. 워낙 당신의 건강 챙기기를 지구에 태어난 사명처럼 생각하고 해마다 인삼, 보약에, 몸에 좋은 음식은 다 챙겨 드시던 분입니다. 시골에서도 매일 아침저녁 2개씩 우유를 드셨답니다.

병원에서 밤새고 와서 아침식사를 챙겨 드리고 서둘러 출근하려는데

우유를 찾으시니, 아무리 부처님 맏딸(^^) 같은 며느리라도 귀찮다는 생각이 들었습니다. 냉장고의 주스를 드시라고 했습니다. 그런데도 우유를 마셔야된다고 난리를 치셨습니다.

귀가 어두워 다른 친구분들과 어울리지도 못하시고, 서울에 오셔서 고층아파트에 혼자 갇혀 지내시느라 치매기가 점점 심해지는 것은 아닐까 걱정도 되고 죄송하기도 하고 마음도 아프긴 했었는데, 순간 '화' 기가 머리를 향하여 슬슬 올라가는 것이 느껴졌습니다. fire~~~ angry~~~ fire~~~ 그러나 다시 마음을 잡아봅니다.

'만일 하나밖에 없는 내 아들이 우유를 먹고 싶다고 하면 내가 어떻게 행동할까?'

그리고 보니 나는 아들을 위해 우유를 사러 달려간 적도 없고, 아픈 아이를 업고 병원으로 달려가 본 적도 없었습니다. 직장생활 한다는 핑계로 아이를 친정에 맡기고 허구한 날 바람처럼 날아다녔습니다.

'아, 내가 못해본 경험이 참으로 많구나! 그래 아버님은 이제부터 내 아들이다!'

순간적으로 얼굴에 미소를 띠고,

"아버님 5초만 기다리세요. 제가 총알같이 가서 우유 사올게요!"

아버님은 행복한 미소를 띠고 계십니다. 슈퍼까지 달리기를 하면서 왠지 슬프기도 하고 행복하기도 한 마음이 가슴에 넘쳤습니다.


며칠 전부터 그 좋아하시던 밥맛이 없어졌다고 식사를 거부하십니다.

자장면을 시켜서 드리니 맛있다고 드셨습니다. 다음에는 송이덮밥을 드리니 맛있다고 한 접시 다 드시고, 다음날은 야채비빔밥, 자장밥, 돈가스….

그러더니 그것도 싫다고 콩죽이나 팥죽을 끓여 달라고 하십니다. 죽집에 가서 사온 죽은 맛이 없다고 직접 만들어달라고.

시부모님과의 생활이 두 달이 넘어가면서부터는 白씨 며느리의 가슴 속에서도 '정말 언제까지 이렇게 살아야 되지?' 아무리 다짐을 해도 원망이 슬슬 나오기 시작했습니다. 그러다가 다시 '마음공부'에 뜻을 두고 이 지구별에 왔다고 스스로 믿고 있는 며느리는 반성을 합니다.

'어머님의 병도 아버님의 치매기도 나의 '경험과 배움'을 위한 일일 텐데, 원망과 불평을 한다고 그것이 없어지지는 않을 것이다. 모든 여성들의 스트레스, '媤' 자 붙은 어른을 공경하고 사랑으로 감싸 안는 것을 배우는 스케줄이라면, 그 기간이 2달이 될지 2년이 될지 10년이 될지 나 하기에 달렸을 것이다! 그래, 하늘에 맡기자. 순간순간 오늘이 마지막 날이다 생각하고 최선을 다하자!'

마음을 정리하니, 매일 아버님과의 싸움에 핏대를 올려가며 점점 목소리가 높아지는 남편과는 달리 점점 마음이 편안해지는 느낌이었습니다.

어느 날 저녁식사 후 남편이 할 얘기가 있다고 합니다. 심각한 표정으로 사업에 부도가 나서 은행빚 때문에 집을 팔고 이사를 가야한다고 합니다. '에궁! 드디어 말로만 듣던 부도와 은행빚이 내게도 왔구나!' 화낸다고 빚이 없어지는 것도 아니고, 하늘에서 돈이 뚝 떨어지는 것도 아니므로 조용히 물었습니다. 은행빚을 갚고 남은 돈으로 우리가 살 집을 마련할 수 있냐고 물었습니다.

"동네가 좀 후진 곳으로 가면 가능하다."

왠지 그 순간 마음이 아주 평온해지는 느낌이 들었습니다. 별로 사업 능력이 없는 남편 곁에서 30여년을 살면서 언젠가 망하면(?) 한 달에 30만 원만 내면 방도 주고, 밥도 주고, 컴퓨터도 되는 고시원에 들어가 살면 되겠다고 생각해 왔는데, 고급 동네는 아니지만 변두리에 들어가 살 집 정도는 된다니 큰 문제는 없겠다고 편안한 마음이 들었습니다.

그리고는 이사 갈 집을 고르느라 이 동네, 저 동네 구경을 하니 만날 익숙한 곳에서 익숙하게 살아가는 것보다, 새로운 동네로 가서 낯선 이웃과 새 환경을 체험해보는 것도 나쁘지는 않겠구나 하는 기대감까지 생기니 참 묘한 심사입니다. 인간은 겪어보고, 당해봐야 안다는 말이 조금 이해가 되었습니다.


드디어 어머니가 퇴원을 하셨습니다. 병원생활 2달 만에 인생을 다시 정리하신 듯, 16살에 시집와 70년 동안 평생 기죽어 살던 소심함을 버리고 씩씩한 모습으로 변신하셨습니다. 퇴원하자마자 아버님을 허리춤에 매달고 고향집으로 달려가셨습니다.

거의 3달 동안 비워두었던 시골집을 대청소하였습니다. 4남 2녀가 거쳐 간 그 집을 정리하는 데 며칠을 보내고, 깔끔해진 집을 보면서,

'언젠가는 나도 늙어서 이 집에서 살게 되겠지.'

속으로 은근슬쩍 감동이 오려는데, 아버님이 소리를 치십니다.

"큰애야, 나 배고프다. 왜 밥 안 주냐?"

언제부턴가 아버님의 배꼽시계는 표준시계와는 전혀 무관하게 독립적으로 움직입니다.

'이제 힘든 마지막 고지를 넘어섰는데, 그깟 밥상 한 번 더 차리는 것쯤이야 일도 아니지!'

날아갈듯이 밥상을 차려 가져가니 밥이 먹기 싫다시며, 상을 팍~ 밀어내며 팥죽을 끓여 오라고 하십니다.

'휴~ 이제 마무리만 하면 되니 참자!'

가까운 곳에 사는 시누이한테 전화를 했더니 팥을 준비를 해오겠다고 합니다. 그런데 조금 있다가 다시,

"큰애야, 나 흰죽 먹고 싶다~~~다~~~다."

시누이에게 팥 가져오지 말라는 전화를 하고 다시 부리나케 흰쌀을 준비, 대령하니… 이번에는 라면이 드시고 싶다고 합니다.


마음공부의 마지막 산등성이 고지에서, 나는 씩씩거리며 라면을 끓였습니다. 서둘러 라면을 끓여 가져가니 무슨 라면이 왜 이렇게 뜨거우냐고 소리를 지르며,

"큰 대접에 식혀서 가져 오너라~~~라~~~라."

라면의 뜨거운 열기가 머리꼭대기 백회를 향하여 올라가려는 것을 간신히 참으며, 큰 대접에 라면을 붓고 젓가락으로 휘휘 저어 식혀서 상

'아차, 내가 무슨 짓을 한 거야? 이걸 어째…?'
밥상 위로 튀어나간 뜨거운 라면 국물과 면발
아버님의 놀란 눈빛과 벌어진 입!
온갖 후회가 몸과 마음을 마구 찌르며 뒤덮어 옵니다.

위에 놓는 순간, 그만 나도 모르게 대접을 꽝 소리가 나게 던져버렸습니다.

'아차, 내가 무슨 짓을 한 거야? 이걸 어째…?'

밥상 위로 튀어나간 뜨거운 라면 국물과 면발, 아버님 얼굴로 날아간 국물 파편, 아버님의 놀란 눈빛과 벌어진 입!

'아, 다 된 밥에 코를 빠뜨린다더니….'

온갖 후회가 몸과 마음을 마구 찌르며 뒤덮어옵니다.

'마지막 마침표를 내가 이렇게 찍는구나!'

직장 퇴직하고 10년 공부, 도로아미타불! 눈앞에서 문이 닫히는 소리가 꽝! 꽝! 꽝! 삼세번 울렸습니다….

그리고 1주일 후, 중병으로 명이 다한 것처럼 보이던 어머님을 추월하여, 갑자기 아버님께서 저세상으로 떠나셨습니다.

아버님의 장례식은 봄꽃이 만발한 저수지 옆 동산에서 아름다운 상여소리로 축제처럼 진행되었습니다. 저수지가 한눈에 내려다보이는 곳에 아버님을 묻었습니다.


아~~~ 라면 한 그릇의 얘기는 차마 아무에게도 못했습니다. 나하고 아버님만이 아는 비밀이 되었습니다.

라면 한 그릇의 섭섭한 마음을 안고 세상을 떠나신 아버님!

죄송합니다. 죄송합니다.

짜장면

밥

선배님! 재미있게 읽다보니 눈물이 쏟아집니다. 저도 성격이 까칠하신 시어머님을 20년 모셨거든요. 돌아가시기 1년 전부터 겪은 게 비슷해서 공감백배입니다. 7남매가 모두 마다하는 일을 제가 하겠다고 해서 했는데 잘했든, 못했든 지금은 더 잘 해드리지 못한 것이 많이 아쉽네요.

글을 읽으며 많이 웃었지만, 순간순간을 넘기기가 쉽지 않음을 압니다. 언제나 씩씩하신 모습이 존경스럽습니다.

아! 선배님 감사드립니다. 치매가 하루가 다르게 진행되시는 시어머니. 감정조절이 안 되시고 또 집 식구들조차 때로 못 알아보시는 시어머니를 모시고 사는 저희들에게, 시부모님은 이렇게 모시는 거구나 하는 것을 보여주셔서 감사드립니다.

으흐흐거리며 재미있게 읽다가 끝부분에서는 눈물이 났습니다. 라면 그릇을 던지지 않으셨더라면 너무 완벽해서 인간적이지 않았을 것 같습니다.^^

그 라면 한 그릇으로 아버님께서도 미안함을 좀 더시지 않으셨을까 싶네요.^^ 아버님은 아마도 좋은 곳에 계실 겁니다.

지은이 **백호현** 1954년생 | 전직 국세청 공무원, 현 행복 플래너

20년이 넘게 매일 아침 열심히 출근을 했다. 20대 초반 우연히 공무원시험을 보게 되었고 그래서 다니다 보니 40대 중반이 되어 있었다. 시작은 우연이었지만 다니다 보니 명예욕도 생겼고 사람에 대해, 돈에 대해 많이 배웠다. 국가의 재정을 관리하는 직장이라 돈에 대한 인간의 마음, 돈과 권력의 이동관계, 정치 언저리의 군상들!~~ 배운 것은 많았다.

어느 날부턴가 뜬금없이 내 인생의 대차대조표를 만들기 시작했다. 내가 살아온 시간들과 남은 시간들에 대해서…. 태어나 이 세상에서 배워온 것들을 정리해 보고, 앞으로 알아야 할 것들은 무엇인지? 그리고 속 깊은 곳에서 의문이 올라오기 시작했다.

'만일에 이 지구에 태어나게 해주는 조건으로 내게 주어진 숙제가 있었는데, 그것이 무엇인지도 모르고 그냥 어영부영 지구를 떠나게 되는 것은 아닐까? 죽어 다른 세상에 가면 그때 나를 지구로 보낸 존재가 〈지구인생의 리포트〉를 제출하라고 하면 어쩔까?

그리고 몸담았던 직장을 정리했다.

지금 나는 10년째 리포트를 쓰고 있다. 매일매일의 리포트를 수정하고, 알아야 할 진리에 어느 만큼 다가가고 있는지 성찰을 한다. 쓰고 또 쓰고 고치고~~ 아마 지구를 떠나는 날까지 그렇게 정리해 갈 것이다.

"지금 이 자리에 오기까지 도와주신 모든 분들께 감사드립니다."

# 계란장수

"계란 사려~ 계란. 골라잡아 말만 잘하면 거저 주지! 계란 사려. 계란 ~ 계란."

아주 오래 전 내가 초등학교 입학 무렵부터 엄마는 계란을 양은그릇에 가득 채워 머리에 이고 다니시면서 팔러 다니셨다. 키도 작으신 분이 소리는 엄청 커서 그 일대에서는 엄마를 모르면 간첩이었을 정도였다.

엄마는 비가 오나 눈이 오나 하루도 빠지지 않고 나가서 계란을 파셨고, 많은 사람들에게 늘 무시를 받으시며 사셨다. 사실 엄마는 앞을 제대로 보지 못해서, 계란을 팔러 다니실 때도 더듬더듬 거리시며 장사를 하셨다. 눈이 많이 오는 겨울날 길이 미끄러울 때는 신발에 새끼끈(쌀가마에서 나오는 새끼끈)을 동여 메고 다니셨다.

지금 생각해 보면 상상하기조차 힘든 광경이다. 그렇게 장사를 하시다 빙판에 넘어져 몸을 많이 다친 후에, 나보고 같이 다니자고 해서 엄마를 붙들고 계란을 팔러 다녔다.

계란이 팔리지 않을 때는 나를 붙잡고 울고 또 우시며 "춥지? 미안하구나" 하시며 실비국수 25원짜리를 시켜놓고는 앞을 보지 못하는 서러움에 가슴을 움켜쥐며 한참 동안 울다 장사를 하셨다.

"아이고, 집도 절도 없는 사람이 계란 팔러 댕기는 줄 알아뜨만. 똑똑하게 생긴 아들내미도 다 있네."

계란을 사주는 아줌마들은 한마디씩 하면서 불쌍한 눈으로 엄마를 쳐다보곤 했다. 나이가 많으나 적으나 계란을 사주는 사람들은 엄마에게 거의 반말 투였다.

"어이 계란장수, 이리 좀 와 보슈. 거 계란 얼마유?"

거의 이런 식의 말투 아니면 사지도 않을 계란을 만지작거리다 "내일 다시 오슈!"였다.

엄마는 술을 자주 마셨는데 취하면 타령인지 노랜지 알 수 없는 내용을 큰소리로 우시며 부르곤 했다. 지금 기억해보면 서러움에 몸부림치는 그런 소리였던 것 같다.

나는 이렇게 가난한 계란장수의 아들로 태어나 힘들게 어린 시절을 보내야만 했었다. 엄마는 눈이 안 보이셔서 어린 나를 데리고 초등학교 입학식에도 가질 못하셨고 난 모든 걸 혼자서 해야만 했었다. 아버지는 하시던 일이 잘 안 되어서 술만 드셨다하면 엄마와 싸우거나 살림을 자주 부셔서 집이 잠잠할 날이 없었다. 그런 난 일요일이 되면 교회를 나가는 것이 제일로 좋았고 행복했다.

초등학교 3학년이 지나서는 계란장수 아들 소리가 듣기 싫었다. 엄만 한국말 발음도 떠듬거리고 눈도 어두워서 친구들에게 보여주는 것이 부끄럽고 창피했다. 친구들이 집에 오려고 하면 도망가거나 화를 냈었다. 나를 낳아준 엄마인데도 장애자인 엄마가 창피하였다. 사람들이 엄마를 무시하는 것을 보면 정말 싫었으면서…. 혼란스러웠다.

난 다른 아이들의 엄마가 부러웠다. 다른 엄마들은 학교 갔다 오면 밥도 챙겨주고 씻겨주고 하는데, 난 학교 갔다 오면 여동생을 포대기에 업어서 봐야 하고 심지어는 밥도 해야 했다. 엄마가 불쌍하지만 울 엄마인 것이 싫었다.

어느 날 엄마한테 대들었는데, 엄마는 날 물호스로 사정없이 때렸다. 난 왜 그렇게 때리는지 모르면서 피하지도 않고 계속 맞고 있었다. 흐느끼면서,

"난 울 엄마가 정말 싫어, 싫어! 왜 울 엄마는 앞도 안 보이고, 나만 때리고. 한국말도 이상하고. 계란장수 아들인 게 싫어. 난 친구들의 엄마가 부러워!"

나의 어린 시절은 처절한 외로움이었고, 계란장수 아들이 싫어서 엄마에게서 도망가고 싶은 시절이었다. 그래서 어쩌면 난 나의 라임오렌지 나무의 제제를 좋아했는지도 모른다.


20대에 연극배우로 처음 무대에 섰을 때였다. 가족을 초대했다. 희극이었는데 내 역할은 웃기는 거였다. 내가 무대에 들어서자마자 동생의 음성이 들렸다.

"오빠, 오빠다. 오빠!"

바로 그때 엄마 목소리가 들렸다.

"어디? 어디? 오빠가 어디 있냐고?"

순간 심장이 멈추는 것 같았다. 겨우겨우 내 씬을 끝내고 나서, 분장실에서 얼마나 울었는지 모른다. 엄만 연극배우인 당신의 아들을 볼 수 없었다.

시간이 한참이 흘러 엄마와 마주앉아 있을 때는, 엄만 벌써 70세가 넘은 노인이 되어 있었다. 눈 더듬더듬 거리며 자식 셋을 키우고 남편 떠

나보내고 혼자 사시는 엄마!

"나를 낳아주고 키워주셨는데 엄마가 시각장애자여서, 계란장수여서 창피하게 생각한 거 모두 용서해 주세요. 정말 미안해요. 엄마.

너무 늦었죠! 이렇게 엄마한테 말하는 것이…. 아버지 돌아가실 때도 말하고 싶었는데 이런 말 못했어요.

그런데 엄마, 나 말이야 인생에서 정말 소중한 걸 알게 되었어요. 엄마같이 아파하는 사람들의 편에 서서 봉사하면서 살 거예요.

근데 엄마, 자꾸 눈물이 나오네요. 엄마 글을 못 보니까 나중에 귀에 대고 읽어줄게요.

엄마, 미안해요. 그리고 사랑해요."

글을 읽으면서 눈물이 나네요. 앞 못 보는 엄마의 계란장사. 자식을 위해서 무엇을 못하겠습니까? 시련의 세월을 이겨 오신 어머님께 감사드립니다.

우린 보석을 앞에 두고도 보석인 줄 모르는 바보 같아요. 엄마에게 아주 예쁘게 읽어드리면 좋아하실 것 같아요.

없는 돈에 가족들 건사하느라 항상 동분서주하다가 황망히 돌아가신 울 엄마 생각이 나네요. 집새기 신발, 실비국수, 꺼이꺼이 울면서 부르시던 노래, 우아한 엄마가 아닌 것, 포대기에 업어서 키운 동생…. 이런 것들은 나와 공감대가 많아요. 공유해 주셔서 감사합니다.

아들의 첫 공연을 볼 수 없었던 어머니와 그 어머니를 안타까워하는 아들의 마음은 어떨지. 가슴 아픈 절절한 사연에 그저 숙연해집니다.

지은이 **김용태** 1965년생 | 공연기획 전문가

연극배우와 무대공연 전문기획가로 활동하다 일본으로 유학, 국제무역을 전공했습니다. 국제행사, 이벤트공연 등 왕성한 업무를 하다 보니 과로와 스트레스로 건강이 나빠지게 되었습니다.

친한 후배가 명상을 하면 건강이 좋아진다고 하기에 우연히 명상을 시작하게 되었습니다. 명상으로 건강은 많이 좋아졌습니다.

하지만 그보다 더, 건강 때문에 시작한 명상이 저의 삶 전체를 바꾸어 놓았습니다. 술은 물론 담배까지 끊고 삶의 패턴이 바뀌기 시작했습니다. 모든 것을 긍정적으로 보게 되면서 내 안의 '상처받은 나'가 호흡과 명상으로 치유되어 가는 것이었습니다. 상처와 아픔으로 얼룩진 과거의 기억들을 토해냄으로써 용서와 감사하는 마음을 갖게 된 것입니다.

솔직히 저도 이렇게 변해갈 줄 꿈에도 몰랐습니다. 명상을 통해 배운 삶은 새롭기만 합니다. 오늘도 감사한 마음으로 하루를 시작하는 마음이 가볍습니다.^^

# 2학년 3반 그 녀석

"아버지께는….."

녀석은 울먹이며 무릎을 꿇었다. 삭발한 머리가 내 마음을 더욱 아프게 한다. 녀석은 우리 반에서 키로도 덩치로도 제일이다. 그리고 힘도 세어 싸움으로도 '짱' 이다.

녀석의 첫싸움은 같은 반 친구의 왼쪽 눈에 신발자국을 남겼다. 자신의 여자친구를 놀렸다는 이유로 친구의 얼굴을 무참히 짓밟은 것이다. 분이 가라앉은 녀석을 불러다 놓고 보니 잔뜩 풀이 죽어 있었다. 화가나면 주먹이 먼저 나가는 자신이 스스로도 원망스럽다고 했다. 다시는 그런 일이 없으니 믿어달라는 녀석의 말을 나는 믿어주었다.

녀석의 두 번째 싸움은 일방적인 폭행이라고 할 수밖에 없었다. 말과 행동이 답답해 맘에 들지 않는다는 이유로 반 친구를 사정없이 때린 것이다. 맞은 학생이 부은 얼굴로 찾아와 녀석을 퇴학시켜 줄 수 없겠냐며 하소연을 했다.

불려 와서 한동안 고개를 푹 숙이고 있던 녀석이 한참 만에, "아버지께는 연락하지 말아주세요"라고 말하며 울먹거린다. 눈물 앞에서 내 마음도 약해져 혼쭐내줄 생각을 잠시 접고, 근처 밥집을 함께 갔다. 학교를 벗어나면 그리고 밥을 앞에 두면 아이들은 마음의 벽을 허문다는 것이 교직 생활 7년을 통해 내가 얻은 몇 개 되지 않는 노하우 중의 하나이기 때문이다.

녀석은 아버지가 폭력적이라는 것, 그래서 그것을 못 견뎌 어머니도 집을 떠나셨고, 그 뒤 새어머니가 왔는데, 새어머니도 폭력에 못 견디고 집을 나가셨다고 한다. 그 후에도 아버지는 술을 먹으면 가끔은 자신과 동생들을 때린다고 한다. 그러다 보니 이런저런 분노가 뒤엉킨 이 녀석도 폭력이 습관이 되어 중학교 때 많이 싸웠고, 그 때문에 아버지께서 학교에 많이 불려나오셨다고 한다.

녀석은 고등학교에 입학하면서 '남을 치지 않기'로 아버지와 약속했고 불쌍한 아버지가 이 사실을 아시면 실망스러워하실 것이라는 말을 덧붙이며, '밥' 앞에서 다시 한 번 자신을 믿어 달라 했고, 나는 녀석을 다시 한 번 믿어주기로 했다.

밥을 함께 먹어서인지, 한 번 더 믿어주었기 때문인지는 모르겠지만 이 녀석은 그 뒤로 반 학생을 치는 일도 없었고, 청소도 열심이었다. 또 반에서 싸움이 일어나면 맨 먼저 달려가서 싸움을 말리기까지 했다. 나는 믿음을 저버리지 않는 그 녀석과 참 가까워진 것 같았다.

그러던 어느 날, 학교에 119 구급차가 들어섰다. 두 학생이 싸움이 붙었는데 한 학생이 머리를 다쳐 의식을 잃었다는 것이다. 한 학생이 송곳을 휘두르며 위협하며 서로 격렬하게 밀고 당기기를 하다가, 구급차에 실려 간 학생이 머리를 벽에 심하게 부딪혔다고 한다.

잠시 후, 학생과에서 나를 찾는 전화가 왔다. 송곳을 휘두르며 위협했던 학생이 우리 반의 '그 녀석'이란다. 가해자가 되어 버린 녀석의 부모님께 연락을 취해 달라는 것이다. 피해자 학생의 부모님과 합의를 해야 경찰서에 가지 않기 때문이란다. 얼빠진 상태로 그 녀석의 아버지께 전화를 걸었지만 받지 않으셨다.

학생과에 가보니 교칙대로 녀석의 머리는 이미 삭발례를 치른 후였다. 삭발한 머리로 나에게 "아버지껜…"이라고 말하는 그 녀석을 보니 나의 마음이 한참 동안 슬퍼졌고, 선생만 아니었더라면 소리 내어 엉엉 울고 싶었다.

사정을 들어 보니 이번 싸움은 복수혈전이라고 해야 할 것 같다. 피해 학생은 녀석과 초등학교 5학년 때 같은 반 친구였는데, 그 시절 녀석의 튀어나온 앞니가 우습다며 때렸단다. 그런데 고등학교에 와서 그 학생을 다시 보니 예전 기억이 되살아나, 벼르고 벼르다가 이번에 송곳을 들이밀며 복수를 하려 했다는 것이다. 사정이야 딱하지만 지금에 와선 녀석은 그저 가해자일 뿐이었다. 결국 뒤늦게 연락이 닿은 아버님은 피해 학생 부모님과 어렵게 합의를 했다.

세 번째 싸움을 겪으면서 나는 며칠을 앓았다. 녀석의 대물림되는 폭력과, 앞니 때문에 맞은 녀석의 어린 시절이 슬펐다. 폭력에 당해본 자는 폭력 가해자가 될 수 있다는 사실도 안타까웠다. 또 해소되지 못한 억울함과 분노가 '송곳'으로 튀어나오는 것도 무서웠다.

하지만 무엇보다 녀석의 세 번째 싸움을 막지 못한 나에 대한 자책이 컸다. 노련한 교사였다면 어쩌면 세 번째 싸움을 막을 수 있지 않았을까? 녀석은 자신의 폭력을 스스로 감당할 수 없음을 두 번의 싸움으로 알렸는데, 난 도대체 무얼 했던 것일까?

난 녀석을 '믿는다'고 하며 사실은 방치를 했던 것 같다. 다 자란 성인도 작심삼일이라 생각대로 살지 못해 흔들리거늘 아직 17세 소년인 녀석은 오죽하겠는가? 녀석의 결심은 믿어 주더라도, 녀석의 주먹은 믿지 않았어야 했다.

학생을 방치한 죄로 난 교장선생님, 교감선생님, 학부모님께 머리를 조아려야 했다. 그리고 무능력한 스스로가 마음에 들지 않아 한동안 풀이 죽어 지냈다. 내가 너무 죽을상을 하고 있었는지, 동료교사가 나에게 가볍게 한마디 툭 던진다.

"좋은 선생 되려면 100명이야! 100명! 100명을 기억하고 1,000명을 잘 길러내면 되는 거잖아."

사도師道를 감에 있어 교사의 어리숙함으로 놓치게 될 학생들이 어찌 없을 수 있을까? 그 학생들이 있음으로 인해 교사가 나아갈 바른 방향을 조금씩 찾아가지 않던가. 잃어버리고 놓쳐버린 100명에게 미안하면 1,000명을 위해 어서 바로서야 하는 것이다. 그러니 빨리 정신 차리라는 그 말이었던 것 같다. 동료교사의 말에 '좌절'을 핑계로 풀이 죽어 지내던 며칠이 참 부끄러워졌다.

난 교직생활을 하면서 한동안 학생들이 미워서 힘든 적이 있었다. 늘 문제만 일으키고 다툼이 끊이지 않는 녀석들에게 실망했던 것 같다. 하지만 사람들이 모이는 곳에 갈등과 다툼이 없어야 한다는 내 생각이 어리석었다. 사람 사이에서 갈등과 다툼은 아주 자연스럽고 당연한 일이라는 것을 받아들이고, 갈등을 지혜롭게 풀어 넘기도록 이끌어주어야 하는 교사로서의 내 자리를 찾기까지, 난 참 무지하고 늦되게도 6년이란 시간이 걸렸다.

그렇게 찾은 내 길을 감에 난 아직도 참 무지하고 어설픈 게 사실이다. 그러다 보니 '그 녀석'이 더 좋은 교사를 만났더라면 겪지 않았을 일을 겪었던 것 같다. 난 그것을 그 녀석이 나에게 내어준 '값진 희생'이라고 부른다. '그 녀석'으로 인해 앞으로 송곳을 뽑아드는 제 2, 제 3의 '녀석'은 나타나지 않을 것이다. 선생다운 선생이 되어 그 녀석들의 희생에 답하는 바른 사도師道를 걷고 싶다.

요즘 흔치 않은 '스승'의 그림자를 엿볼 수 있게 해주시네요. 멋진 녀석들과 함께 하는 멋진 선생님의 모습을 그려봅니다.

글을 읽어내려 가는데, 마음이 미어집니다. 저도 알게 모르게 얼마나 많은 희생양을 만들었을까? '얘들아, 정말 미안하다' 모두 함께 담아 반성해 봅니다.

빡빡머리에 거칠게 자신을 표현하는 그 녀석들이 훗날 귀한 어른이 되어 자신을 믿어주던 고마운 선생님을 기억하지 않을까 합니다. 치열하게 자라고 있는 그 친구들에게 파이팅을 외치고 싶습니다. 그 친구들의 질풍노도의 시기를 함께 하고 계시는 이 땅의 선생님들께도 파이팅을 외칩니다.^^

지은이 **박미선** 1977년생 | 고등학교 교사

아직도 '선생님~'이라는 단어가 조금은 부담스러운 7년 차 교사입니다. 처음 담임을 맡고 학교생활을 시작했을 때부터 지금까지도 실수가 많은 교사이기도 합니다. 저희 반 학생들은 유난히도 뒤죽박죽, 와자지껄했고 사건사고도 많아 힘들었습니다. 그런데 명상을 하면서 제가 얼마나 정리되지 않은 사람인가를 알게 되었답니다. 하루는 하늘을 날듯이 기분이 좋다가도 다음 날은 죽을상을 하고 드러누워 지내고, 이리저리 휩쓸리고, 무엇이 중요한 일인지 우선순위도 없이 헝클어져 있는 '중심이 없는' 그런 상태가 저의 모습이었습니다. 결국 저희 반 아이들이 사건사고가 많고 요란했던 이유 중 하나는 제 마음이 복잡해서였던 것도 있었습니다. 자식이 부모님의 영향을 받는 것처럼 말이죠.

사실 생각해 보면 '교사'로서 뿐만 아니라 살아가는 것 자체가 서툴렀던 것 같습니다. 어떻게 사는 것이 올바른 방향인지 몰랐고, 저란 사람이 도대체 어떤 사람인지 몰랐었기 때문에 삶이 통째로 어수선했던 것 같습니다. 하지만 명상을 하면서 쓸데없이 껴입고 있던 옷들을 하나둘씩 벗어내고 제 자신을 찾아가다 보니, 중심이 생기고 생각이 많이 달라지게 되었습니다.

정리되고 가벼워질수록 홀가분해지는 그 마음도 참 좋습니다. 정리되어 있지 않은 것 그 자체가 참 주변을 황폐하게 만든다는 것도 알기에, 마음을 늘 예쁘게 다듬어 가려고 노력 중입니다. 맑은 사람이 되어 자신과 주변에 힘이 되고 싶습니다.^^

# 마지막 선물

내일이면 5월 5일 어린이날.

선물을 줄 어린이가 너무 어리고 멀리 있어 보내지 못하고, 다가오는 어버이날을 맞이하여 한 분 계신 장모님께 식사라도 대접할 겸 찾아뵈니 건강이 안 좋아 보이신다.

"그래도 우리 사위 머리가 희끗희끗하고 아주 보기 좋아."

라고 하시던 우리 장모님. 검은머리 백발에 가리어 온통 흰머리 뒤집어 쓴 망칠 칠십 사위 사랑스러우심은 여전하나 세월이 그 사위 그냥 두지 않는다고 걱정하시고, 밥이라도 잘 먹는지 오히려 걱정하신다.

예전에는 참 고왔을 노 장모님 손을 잡고, 이 사위는 가슴으로 말을 한다. '긴 세월 잘 살아오셨노라고.'

"올해 사위 몇이지?"

"예. 예순 다섯입니다."

"아니 벌써? 하기사…."

장모님의 손에 아까부터 꼭 쥐어져 있던 포장지가 딸에게 전달된다.

"내일이 어린이날이라서 선물을 준비했는데 좋아할지 모르겠네."

어린이? 그러면 당신의 외 증손녀? 미국에 있는 우리 손녀에게? 생각이 여기에 미침은 보통사람의 상식이다.

장모님의 딸, 묘한 표정으로 포장지를 뜯는다. 그 인근에서는 제일 고급스러웠음이 분명한 손수건 두 장이 보인다.

?????

생각의 차이, 우리 부부는 하나같이 우리 아가에게 보내시려는 선물일 줄 알았다. 눈을 씻어 보아도, 손가락을 세어 확인해도 우리 근처엔 달리 어린이가 없다.

이때 우리 노 장모님 말씀,

"환갑 진갑 다 넘었어도 나에게는 두 양주 다 어린일쎄!"

"내일이 어린이날이라서 내가 장만하였네. 꽃무늬는 딸 것이고, 책구무늬는 우리 사위 것인디 괜찮을 랑가 모르것네."

어머나? 우리 장모님이 이런 면이? 체크무늬면 어떻고 색깔이 내게 무슨 상관이랴. 이 나이에 장모님께 받은 귀중한 선물. 값이 무슨 문제가 있으랴!

나는 이 손수건을 일 년에 한두 번 입을 둥 말 둥한 신사복에 꽂아 넣었다. 왠지 장모님의 사랑이 흠뻑 배어 있을 것 같은 손수건. 틀림없이 장모님은 이 손수건 한 장을 사시면서, 중후한 사위를 그리며 그 얼굴에 맞는 물건을 애써 고르셨을 거다.

환갑 진갑 다 넘었어도 나에게는 두 양주 다 어린이쎄!
내 아이 어린이날이라서 내가 장만하였네.
꽃무늬는 딸 것이고, 책구무늬는 우리 사위 것인디
괜찮을 랑가 모르것네.

왠지 마지막이 될 것 같은 선물….

'장모님! 고맙습니다. 사랑해 주셔서.'

잘해 드리지도 못한 죄송함이 앞선다. 이제는 기력이 많이 쇠해지셔서 인생의 뒤안길을 조용히 걸으시며, 오직 자손들을 위하여 정화수 앞에 두 손 비비신다는 노 장모님!

사시는 날까지 마음 편하시고, 자손들 공대 받으며 안녕하시다 천수를 다 하시고, 고요히 눈 감으소서. 내일 아침 기도에도 장모님의 안녕을 기원 드리겠습니다.

장모님의 사랑에 눈물이 핑~ 입가에는 미소가 도네요. 장모님이 남은 여생을 건강하시고 편안하게 지내시기를 바랍니다.

아유 선배님! 고운 할머님 장모님 계셔서 정말 행복하시겠습니다.^^

연세가 드셨어도 부모님의 마음은 자식을 영원한 아이로 여기는가 봅니다. 손수건에 담긴 사랑이 참 아름다우시네요.

모습도 고우실 것 같은 할머니, 가시는 날까지 행복하시길 기원 드립니다.

**지은이 김인성** 1945년생 | 전직 철도청 근무

평소 반듯하고 공부를 곧잘 하던 아들이 취업도 소홀히 하면서 무언가를 열심히 하기에, 아들이 염려되어 무엇을 하는 곳인지, 장래가 어떨지, 아니다 싶으면 늦기 전에 마음잡게 하자는 생각으로 명상을 시작하게 되었습니다. 명상을 제대로 알기까지 꽤 많은 시간이 흘렀습니다. 명상을 통해서 나 자신을 바라볼 기회가 생겼으며 몸도 마음도 맑아짐을 알 수 있었습니다. 무엇보다 명상은 자신을 위해서 한다는 것을 알게 되었지요. 내 나이 65세. 지금 바람은 명상의 끈을 놓지 말아야 한다는 마음뿐입니다. 명상의 목적은 변화이며, 진화라는 것을 알게 되었으니까요. 주변에서 많이 변했다고 합니다. 한마디로 '좋아졌다구!' 요.

# 딸아, 아버지 눈을 보아라

셋째 딸.

옛말에 셋째 딸은 물어보지도 않고 데려간다는 말이 있다. 2남 3녀 중 셋째 딸인 나는 그 말이 항상 불만이었다. 내가 보아도 예쁜 두 언니 밑에 나는 미운 오리새끼였으니 말이다. 얼굴 절반을 차지하는 코, 쭉 찢어져 올라간 두 눈, 웃을 때 이가 전체 보이고도 남는 큰 입. 언니들과 걸어갈 때면 언제나 뒤로 처져서 동생이 아닌 것처럼 혼자 걸어갔다.

청소년 담당 형사과에 근무하시는 아버지. 학교를 다녀오자 이번엔 작은언니의 한 손이 수갑이 채워져 장롱 손잡이에 걸려 있었다. 작은언니는 파르라니 떨며 억울하다며 눈물로 호소했다.

"선배 오빠가 뒤따라 온지 정말 몰랐어요."

그 모습을 지켜보던 아버지는,

"네가 행동을 어떻게 했기에 남자가 집에까지 따라 오냐?"

하시며 손바닥과 종아리를 때린 뒤 수갑을 채워버리셨다고 하셨다.

나는 예쁜 두 언니 덕분에 그때부터 철사로 수갑을 푸는 기술을 아버지 몰래 연마를 하여, 잠시 언니들을 쉬게 해주곤 했다. 당근 아버지가 오실 때면 수갑을 얼른 채우며 불쌍한 듯 바라보며 말이다. 삼일이 멀다 하고 큰언니, 작은언니 때문에 조용할 날이 없었다.

언니들의 그런 모습이 싫어 중학교 때부터 나는 완전히 선머슴처럼 행동하고, 옷도 치마는 전혀 입지 않고, 친구들을 괴롭히는 녀석들을 모두 때려눕혔다. 남자는 내 생애에서 제외를 시키리라 마음을 먹으면서 말이다.

남자 선배를 오빠 대신 '형'이라고 불렀다. 그 형들은 나에게 이름 대신 '깡패'라고 불렀다. 그렇게 미운 오리새끼는 고딩이 되더니 더 까칠한 '보스'로 변하여, 여전히 남자를 우습게보며 3년을 스캔들 없이 무사히 보내며 대학을 가게 되었다. 효도했다는 대단한 자부심을 혼자 느끼며 뿌듯해했다. 카리스마가 넘치는 아버지는 입학 첫 날, 나를 부르시며 남자 조심하라는 말 대신 화염병 던지며 데모하지 말라고 하셨다.--;

대학 생활은 지루했다. 미팅하는 애들을 심란하게 쳐다보며 이리저리 방황하다 집에 들어가는 게 전부였다.

어느 날 합기도 체육관이 클로즈업 되어 다가오더니 곧바로 도장에 들어가 등록을 하였다. 수업마치고 앞차기 뒤차기 돌려차기에 푹 빠져 두세 타임을 연속하며 '소림사'를 꿈꾸었다. 사범의 유혹이 약간 있었지만 문제는 되지 않았다. 오죽하면 나를 좋아할까 하는 마음에 도리어 측

은지심을 느꼈었기 때문이다.

그날도 변함없이 꽃띠 20대 청춘은, 샌드백과 씨름을 하고 있는데 은근하게 사범이 다가온다. 어느 선배와의 만남이 있는데 같이 가자며 말이다. 발차기가 마음대로 되지 않아 스트레스 받고 있는 중이라 흔쾌히 승낙하며 따라 나섰다. 버스를 한참 타고 가다 내리더니 한 음식점으로 들어간다.

순간 심장이 멈춰 버렸다. 엄동설한 처마 끝 고드름이 주루룩 녹아내리는 듯한 느낌. 콩닥콩닥 뛰는 가슴을 진정시키며, 엄청스리 다소곳하게 인사를 했다. 남들은 터프 그 자체로 보였겠지만….

어떻게 보냈는지 모르게 시간이 흐르고 집에 왔다. 잠을 이룰 수가 없었다. 무엇인가에 한번 미치면 정신이 없는 나는, 차츰 그 선배의 정보를 입수했다. 결혼을 하지 않았다는 것을 알았다. 문제는 10년 나이 차이다. 이것쯤이야.

늦게 배운 도둑질에 날 새는 줄 모른다고 나의 모든 인생 항로를 그 선배에 맞춰 출항하기로 결심했다. 무식하면 용감하다고 무조건 들이대며 말이다. 대학 3학년 3월에 난초꽃 즈려밟고 뭉개며 그 선배와의 첫 입맞춤에 결혼을 결심했다.

그 뒤 2년 학교생활의 기억은 거의 없다. 시도 때도 없는 엠티에 수학여행에 급기야 가출을 해버렸다. 처음엔 그냥 들어가려고 했는데 타이밍을 놓쳐 버렸다. 호랑이 같은 아버지가 너무 무서워 스스로 무덤을 파버린 것이다.

시저가 죽어가며 '부르투스 너마저….' 했듯이
그렇게 믿었던 나마저 부모님 가슴에 못을 박는구나.
순간 장롱 속의 수갑이 아른거렸다.

시저가 죽어가며 '부르투스 너마저….' 했듯이 그렇게 믿었던 나마저 부모님 가슴에 못을 박는구나. 순간 장롱 속의 수갑이 아른거렸다.

10일 만에 잡혀간 나는 오빠와 엄마한테 죽어라 맞고 금족령이 내려져 감금되었다. 만두 대신 밥은 꼬박꼬박 넣어주셨다. 배부른 돼지가 되고 싶지 않아 손도 대지 않았다. 다만 헤어지는 아픔에 울고 또 울었을 뿐이었다.

세상이 모두 멈춰 버렸다. 지구라는 별에 혼자 버려져 눈물로 강을 만들고 바다를 이루어 내고 있을 즈음, 몇 날 며칠을 지켜보시던 아버지는 협상을 하러 방으로 들어오셨다. 학교 등록을 시켜주는 대신 절대 그 선배를 만나지 않기로….

"딸아, 아버지 눈을 보아라."

눈은 거짓말을 하지 않으니 약속을 하자 하셨다. 어떡해서든지 탈출하고 싶은 마음에 연신 고개를 끄덕였다. 드디어 학교를 간다. 출발하기 전 다짐을 또 받는다. 약속을 어길 시에는 내 딸이 아니라는 아버지의 말이 아득히 들려오며 버스를 탔다.

가슴이 터질 것 같았다. 세상이 그제야 돌아간다. 버스는 학교를 어느새 지나버린다. 내 마음과 몸은 선배 집을 향하여 사속思速으로 가고 있다. 그렇게 다짐을 받았건만 죄송한 마음은 아랑곳없다.

둘은 그렇게 만났다. 무엇인가 감시를 받는 것 같은 불안한 마음을 안고 뜨거운 포옹을 했다. 야윈 두 얼굴은 행복으로 충만하며 웃었지만 가슴은 떨고 있었다.

매일 아침마다 아버지의 부름. 그리고 또 다짐. 하루는 술에 취하셔서 나를 부르셨다. 대뜸,

"너는 내가 죽으면 제일 서럽게 울 것이다. 왜냐하면 아버지를 속였기 때문에."

두둥!! 순간 인정하면 모든 게 끝난다는 강한 느낌에 부정을 하였다.

"결코 만나지 않고 있어요. 믿어주세요."

하며 흔들리는 눈동자를 떨구어 버렸다. 그날 저녁 헤어지는 슬픔 못지않게 가슴이 후벼오며 아팠다.

그 뒤 감시는 하셨지만 적당히 눈을 감아주시는 느낌이었다. 선배와의 사랑은 더욱 커져만 갔다. 갈라놓으면 이제는 죽어야겠다는 생각을 했다. 졸업을 앞두고 결심을 했다. 부모님이 오시는 날, 그날을 거사일로 잡았다.

졸업 당일 날, 싸늘한 엄마의 시선. 아랑곳하지 않고 식사를 했다. 엄마는 간다는 말없이 가버리셨다. 밀어붙이는 김에 바로 집으로 갔다. 어이없는 출연에 아버지는 포기를 하셨는지 우리를 인정해주셨다.

우~~~와!!! ^_____^* 세상을 얻은 느낌!!

그때부터 내놓고 일사천리로 결혼 준비를 하였다. 그렇게 우린 그 해 10월에 웨딩마치를 올렸다. 신랑 황인수, 신부 장인선. 지금은 세 사위 중 가장 믿음을 얻으며 사랑을 받고 있다.

아버지는 지난 일을 두고두고 미안해하신다. 나는 속으로 아버지를 속여 두고두고 미안해한다. 16년이 지난 지금도 아버지께 거짓말한 것

에 대한 용서를 못 구하고 있다. 아버지는 잊으셨겠지만 내 가슴엔 멍울로 남아있다.

"차마 아버지의 슬픈 눈을 바라보며 진실을 말할 수 없었어요. 아버지 죄송해요."

언젠가는 용기 내어 말할 날이 있을 것이다.

가끔 아버진 딸들을 너무 억압적으로 키운 것에 대한 미안함으로 자주 우신다고 한다. 딸들을 너무나 사랑하시는 울 아버지~

아버지 죄송해요. 그리고 감사드리고, 사랑해요.


— 막내딸 인선이 올림.


부녀지간의 사랑이 참 아름답게 느껴집니다. 지금은 행복하게 잘 살고 있으니, 마음속의 멍울들은 이젠 훨훨 털어버리셔도 될 것 같네요.

님을 뵈면 항상 행복과 밝음의 기운이 퐁퐁 솟는 것 같아 참 부러웠는데 이유가 있었네요. 멋진 러브스토리, 넘 부럽고 재밌네요.

진짜 사랑 한번 제대로 하셨군요. 인간으로 태어나 그런 사랑 한 것만으로도 여한이 없겠습니다. 하하하.

처음 들어보는 선배님의 흥미진진 러브 스토리~! 표현은 서투시지만 강하고 따뜻한 아버님의 사랑이 느껴지네요. 부부로, 같은 길을 가는 도반으로, 인생이라는 여행을 함께 하시는 두 선배님은 서로에게 더없는 반려자인 것 같습니다. 짝 없는 외기러기, 살짝~부럽다는. 하하.

지은이 장인선 1970년생 | 자영업

1993년 10월에 불같은 사랑의 종지부를 찍고 꿈에도 그리던 결혼을 하였습니다.^^
대학가 근처에서 식당을 오픈하였고 대박이 날 정도로 장사가 잘 되었습니다. 처음 해보는 일이라 힘은 들었지만, 무엇보다도 24시간 같이 지낸다는 게 더없이 좋았습니다. 그런데 해를 거듭할수록 사람들과의 관계에 스트레스를 받기 시작했습니다. 사회 경험이 없는 터라, 일하는 사람들과 커뮤니케이션이 안 되어 스트레스는 점점 쌓여갔고, 급기야는 원인 모를 병을 얻게 되었습니다. 휴식을 가지며 쉬어 주었지만 별반 차도가 보이지 않았습니다. 지푸라기라도 잡고 싶은 심정에 남편이 하고 있던 명상을 해보겠다고 하며, 지도를 부탁하였습니다. 제 성향이 워낙 외향적이고 사교적이라 정적인 명상엔 관심이 없었던 때였습니다. 명상은 특별한 사람들만 하는 줄 알았습니다. 남편의 자상한 지도에 집중하며 따라 하였더니, 불과 며칠 만에 몸과 마음이 안정을 되찾아 갔습니다. 명상의 위력에 내심 놀라지 않을 수 없었습니다. 왜 진즉에 알려주지 않았냐는 질문에, 스스로 원할 때까지 기다렸다고 합니다. 그 뒤 입문하여 남편 도반님과 열심히 명상을 하였습니다.^^ 벌써 8년이라는 세월이 흘렀습니다. 이제는 부부도반으로서 서로 버팀목이 되어주며 불같은 제 2의 하늘 사랑을 함께 나누고 있습니다.
우리 아버지요? 막내사위가 제일이랍니다.^^

# 여보에게

    오늘 아침, 새내기 초등생이 된 작은아이를 학교에 데려다주고 모처럼 햇살이 좋아 걸었던 산책길. 머리 위를 비추는 봄볕이 얼마나 좋은지 자연은 이렇게 사람 마음을 희망적으로 만들어준다.

    마침 남편 생일이라 선물이나 사러 가야겠다고 마음먹고 주머니를 뒤지니 다행히 까슬까슬한 종이돈이 만져진다. 뭘 살까 떠올리니 만 원 한 장으로 살 수 있는 것이 먹는 것 말고는 필기도구… 그 정도다. 낡아빠진 필통 보며 아무리 새로 사라고 해도 안 사더니 결국 선물로 받을 심산이었나 보네.

    햇살이 온 동네에 펼쳐진 기분 좋은 아침에, '어디 가서 사나, 지금 이 시간에 문 연 곳이 있을까'를 생각하며 걷는데, 갑자기 낡은 필통 옆에 질질 끌고 다니는 낡은 구두가 떠오른다. 그 옆엔 색이 바랜 지갑까지. 아니 얘들이 어쩌자고 한꺼번에…. 마음이야 다 해주고 싶지만 어떡해. 지금 큰아이 학비 대느라 빠듯한데. 후일을 도모하기로 하고 일단 예쁜 필통이나 있나 가보자.

루루라라~~ '바람동네'로 불릴 정도로 겨울 지나 봄까지 심한 바람으로 툭하면 감기 걸리기 일쑤인 우리 동네. 그도 그럴 것이 왼쪽으로 고개를 돌리면 산세 좋은 금정산이 떡 버티고 있고, 오른쪽으로 고개를 살짝 돌리면 낙동강 줄기가 보이는 그야말로 산바람, 강바람이 춤을 추는 동네이다.

그래서 공기 맑고 물 좋다고 이 동네로 한 번 들어온 사람은 기본 10년은 그냥 눌러 산다. 나도 이 동네로 들어온 지 벌써 14년째다. 아니 그렇게나. 그런데, 그렇게 오랫동안 살면서도 이 동네가 갖고 있는 장점을 못 보고 살았으니 참 삶이 척박했던 것 같다. 행복이란 이렇게 햇살 속을 거니는 것만으로도 충분한 것을….


다리 밑 개천을 따라 예쁘게 단장해 놓은 산책로를 내려가니, 생각지도 못했던 오리들이 얕은 물속에서도 놀고 있다. 너무 신기해서 가까이 다가가니 한마리가 푸드득 하고 날아가 버린다.

'참 좋구나! 이런 여유가 도대체 얼마만이냐.'

차로 쌩 지나갈 적에는 그저 그런 경치로만 보였던 곳이, 천천히 걸으며 보니 갓 나온 어린 쑥이며, 버들강아지며, 이름 모를 들꽃이며, 발밑에 밟히는 짚들까지 왜 이리 정겨운지. 사람이 나이가 들면 시골로 가고 싶어 한다는데, 도시에서 나고 자란 내가 이런 정취가 좋아지는 걸 보니 나도 나이가 들만큼 들었나보다. 나이뿐 아니라 사람은 자연에서 왔으니 자연이 좋은 것이 당연한 이치일 거다.

커다란 징검다리를 건너오니 이내 찻길이다. 잠깐 동안의 그 시간들이 정이 들었는지 마치 네버랜드를 떠나기 싫어하는 피터팬 친구 웬디의 마음처럼 서운한 마음마저 든다. 종종걸음으로 팬시점을 가보니 예상했던 대로 아직 문이 닫혀 있다. 다시 도심 한복판을 돌아 아파트촌을 향해 걸어간다.

문득 남편에게 문자를 한 통 보내야겠다는 생각이 들어 생일축하 문구를 떠올려본다. 문자메시지 확인도 잘 안 하는데 차라리 편지를 짧게 써 보낼까? 그게 낫겠다.

흠흠… 여보 당신~ 큭큭!

징그럽다고 이런 말 쓰지 말라고 해서 안 썼는데 요새 나도 나이가 들어가니 텔레비전에서 '여봉', '당신' 하며 콧소리 섞어가며 부부끼리 부르는 것 보니까 보기 좋더라. 우리도 이제 이렇게 부를까? 히히~

오늘 당신 생일이라서 필통 사러 갔다가 그냥 돌아왔어. 생일 축하해!

요즘 많이 힘들지? 바쁜 마누라랑 사느라 아침에 얼굴도 못 보고, 빈속에 보내서 늘 미안해.

당신에게 오늘 고백 하나 할게. 그동안 살면서 꽃띠 나이에 데려와서 고생만 실컷 시킨다고 신경질도 많이 부렸지만 나 요새 철 많이 들어서 이제 그런 마음 없어.

가만 생각해 보니 당신한테 딱 세 가지 미안한 일 있더라.

첫째, 애교만점에 살갑게 남편 챙기는 아내 못 되어 주는 것.

둘째, 돈 잘 벌어서 생활고에 시달리지 않게 해주는 여자 못 되는 것.

셋째, 욱하는 다혈질 성격이라 집안이 가끔 시끄러운 것.

오늘 오랜만에 걸어서 번화가까지 다녀왔는데, 참 좋더라. 운동하기 싫어하고 회사가기 싫어하는 당신과 이렇게 좋은 날에 같이 손잡고 걸으면 참 좋을 텐데.

이상하게도 당신과 나는 항상 평행선이야. 내가 당신을 바라보면 당신은 딴 곳을 바라보고, 이제 나도 포기하고 딴 곳을 바라보니 당신은 또 서운해 하고. 텔레비전에 당신이 꼭 봐야 되는 프로는 꼭 당신 없을 때만 하더라. 짐이 너무 무거워 당신이 있어야 되는 때는 없고, 오랜만에 반찬 푸짐하게 해놓고 기다리면 12시고. 영화 보자고 목을 맬 때는 그렇게도 안 가더니 나 한창 바쁠 때는 왜 그리 영화 보자고 난리냐? 하여튼 당신과 나는 항상 평행선인 거 같아.

여보~(윽! 나도 좀 간지럽다. 히히)

번화가에서 우리집 오기 전에 건너와야 되는 다리 있잖아. 그
곳을 건너기 위해서 앞을 바라보는데 이상하게 그 길 위에 당
신과 내가 살아온 지난 세월이 막 스쳐 지나가더라.

생각지도 못한 웅덩이가 튀어나와 삶을 위기에 빠트리기도 했
고, 이른 봄날 담장 밑에 다소곳이 피어오르는 목련봉오리처
럼 가슴 벅찼던 순간도 있었고, 지금 이 다리처럼 멀고멀게 느
껴져 '당신과의 이 길이 끝나는 지점은 어디일까?' 모가지 긴
짐승처럼 삶이 슬픔으로만 느껴졌던 때도 있었지. 그러던 게
엊그제 같은데, 벌써 우리가 여기까지 왔네.


당신, 내가 많이 고마워하는 거 알지?

살아가면서 여러 가지 아픔들이 돌아보면 다 감사함으로 다가
오듯이, 당신과의 만남도 나에겐 이젠 그렇게 다가와. 다만 당
신이 원하는 것들 못해주어서 미안해. 어쩌다 보니 당신도 나
같은 여자 만나야 되는 운명이라서 그런 걸 어떡해. 우리는 천
생연분인 거 같아. 당신도 그리 평범한 사람 아니잖아.

당신도 나 안 만났으면 아마 산중 깊은 절간 외딴방에서, 구슬

픈 목탁소리를 배경음악으로 한 장 한 장 책장 넘겨 가며, 구비
구비 펼쳐진 산하와 같은 우리네 삶에 대해서 고뇌하는 서생
나리쯤 되었을 걸.

속세에서 다른 아내들이 해주는 것들 못해주지만 나는 그 사
람들이 못해주는 색다른 것 해주잖아. 맑은 곳으로 매일 출근
하는 마누라 덕에 집안이 맑아지니 좋고, 마음을 비우는 공부
하니 당신한테 바라는 것 없고, 바가지 안 긁으니 좋고. 얼마
나 좋아. 그러고 보니 당신 말대로 당신은 참 복 많은 사나이
야. ㅎㅎ

조금만 기다려 봐. 대박 나서 당신 구두도 사주고, 지갑도 사
주고, 서재도 만들어 줄 날이 있을 테니. 행복이 뭐 별건가. 작
은 것에서 행복의 씨앗을 발견하는 그 눈과 마음을 지녔다는
것, 그것이 바로 행복이지. 안 그래? 그러고 보면 우린 참 행복
한 부부야.

나중에 팬시점 다시 가서 꼬질꼬질한 당신 필통, 산뜻한 걸로
바꿔줄 테니 기다려. 에잇, 기분이다. 필통만 사려고 했는데,
잘 나가는 볼펜 3자루도 넣어 줄께. 당신 성격 닮은 직각자 한
개도 덤으로.

오늘 일찍 와~

우리 맛있는 미역국이랑 밥 먹자. 당신 좋아하는 토마토도 사 놨어. 오늘만 특별히 설탕 듬뿍 뿌려서 화채 해줄게. 나중에 봐~~^^*

양이님 집에 처음 갔을 때 귀여운 아들과 순수해보이는 남편분을 보고 참 푸근한 느낌을 받았습니다. 두 분 참 닮으셨던데요.^^

무서운 글이었습니다. 우리 와이프가 이 글 읽고 '자, 봐. 나만 그런 거 아니잖아' 할까봐.^^ 아내의 마음에 한걸음 더 다가설 수 있어서 감사합니다.

삶의 고단함 속에서 애틋한 사랑을 발견하며 사시네요. 명상하는 아내를 둔 남편이 행복해 보입니다.

다정다감한 글 잘 읽었습니다. 이 정도면 애교만점에 살갑게 남편 챙기는 아내로 충분한 것 같습니다. 집안을 맑게, 따뜻하게 해주는 님에게 말씀은 안 하셔도 남편분도 고마워하실 것 같습니다.

크~~ 행복의 씨앗을 바라보는 눈을 지닌 것. 정말 행복의 열쇠를 발견하셨네요. 남편분이 이런 다정한 편지를 받으시면 또 영화 보러 데이트 가자고 하시겠어요.^^

성격 차이가 심한 남편에게 늘 불만을 갖고 살았습니다. 왜 이리 난 복 없는
여자인가, 부모 덕 없는 여자 남편 덕 없다며 만날 없는 것만 바라보며 살았
습니다. 그러던 중에 명상을 하게 되었고, 어느 날 '행복이란, 없는 것을 바
라보는 것이 아니라 자신이 가진 그 속에서 한 줄기 빛을 발견하는 일'이란
것을 알게 되었습니다.

명상 4년 차에 접어드는 지금, 남편을 바라보는 저의 시선이 많이 달라졌음
을 느낍니다. 이제는 지금의 내 모습 그대로 남편에게 인정받고 싶은 것처
럼, 남편의 스타일과 사고방식을 인정하게 되었습니다. 스스로의 개성을 유
지하면서, 서로의 영역도 인정하는 친구 같은 부부사이가 되어가고 있는 것
이지요. 물론 가끔, 생각이 맞지 않을 때 토닥거리기도 하지만요.^^ 그래도
이 정도면 많이 발전했습니다.

이 글을 쓰면서 남편에게 했던 지난날들의 철없던 행동들을 돌아볼 수 있었
고, 자신에 대해서도 더 잘 알 수 있는 좋은 기회가 되었습니다. 이 세상의
모든 인연은 우연이 아니라는 말처럼, 나에게 있어 남편은, 어느새 그냥 그
자리에 있어 주는 것만으로도 참 감사한 존재가 되었습니다. 모자란 나를 만
나서 지금껏 함께 살아주느라 고생한 남편에게 미안한 마음과 감사의 말씀
전합니다.

# 아마도 그건 사랑이었음을

이 세상 통틀어 내가 제일 불행하다 느꼈던 그 시절이
실은 엄마가 있음으로 해서 그나마 안락하고 행복했음을
온몸으로 당신의 최선을 다해 우리 가족의 안식처가 되어준
'우리 엄마' 야말로 내 인생의 귀인이시다.

# 아버지의 손

난 사람을 볼 때 눈을 본다. 눈망울은 그 사람을 담고 있고, 속일 수 없다고 생각한다. 또 하난 손. 생김생김, 마디마디, 주름주름마다 살아온 이력을 말해준다. 부지런한 손, 정직한 손, 순한 손, 고집 있는 손, 괜스레 싫은 손…. 손은 참 많은 느낌을 전해준다.

내가 아는 손을 소개하고 싶다. 우리 아버지 손. 우리 아버지는 왼쪽 손 엄지와 검지가 없다. 정확히는 반둥만 남았다. 중학교 때 소여물 써는 작두에 날아간 손가락은 잠시 어설프게 붙어있다 썩는 내와 함께 떨어져 나갔단다.

어릴 적 시장통에 살았던 나는 아버지와 시장을 돌아다니면 남들과 다른 아버지 손을 누가 볼까 고사리 손으로 아버지의 남아있는 손가락 밑둥을 꼭 감싸 쥐고 따라다녔다.

대학 때다. 친구들과 기숙사에서 술 먹다 잠들어, 그 나이 친구들이 되지 않는 연애문제로 울 때 나는 아버지 생각에 울었던 적이 있다. 그 꿈에서 나는 15살의 아버지를 보았다. 어두운 방, 푸르게 썩어 가는 손가락을 부여잡고, 상처의 통증보다 더했을 사춘기 소년의 마음의 상처가 느껴져 엉엉 울었던 기억이다.

가난한 살림에 더는 공부를 못할 것이고 희망 없는 촌에서 그렇게 낙담만 하고 살기에는 아버지의 꿈이 컸다. '언젠가 서울서 큰 빌딩을 짓고 살리라' 맨몸뚱이 하나만 믿고 서울에 올라와 지독히도 생활하셨다. 젊은 나이 예쁜 아가씨에게 관심도 가련만, 배우 뺨 칠(?) 외모에도 자신의 콤플렉스로 스스로를 가뒀다. 오히려 속으로 오기 비슷한, 돈 벌어 대학 나온 여자랑 결혼할 테다 생각하셨단다.

그 꿈이 모아둔 돈 모두를 누군가에게 떼이고, 결국 촌에서 곱게 살림만 하던 엄마랑 결혼하시면서 못다 이룬 아쉬움이 되었지만. "그때 그 돈만 떼이지 않았으면…" 말 줄임 뒤에는 "니 엄마랑 결혼 안 했을 기라"가 있지만 그건 엄마도 마찬가지이다. 이젠 엄만 그 얘기에 콧방귀도 안 뀌신다. 결국 끼리끼리 만나 아옹다옹 사네 못사네 하며 35년을 이어 오셨다.

온갖 고생에 안 해본 것 없으시고 꾀 많기로 유명한 최왈규씨가, 부지런하고 겉으로는 무던한 잠자는 호랑이 옥태숙 여사라는 조력자를 만나 지금의 조금은 편안한 삶으로 이어지기까지의 노력이란…. 밥상머리 교육으로 부모님의 고생담을 암기 수준으로 듣다 보니, 약간은 심드렁한 면도 있지만 여전히 대단한 분들이시다.

왜일까? 딸 둘 끝에 얻은 아들내미가 하루 종일 어항 속 금붕어나 멍하게 바라보고 "건아~" 부를라치면 백치미 날리며 "히~" 웃는 모습에, '아이구나! 하나 있는 아들이 바보구나' 싶으셨다는 아버지.

그 자식에 대한 기대가 그나마 똘똘해 보이는 작은딸에게 가고, 아버지의 그 귀염을 받으면서도 난 셋 중 가장 많이 대들었고 가장 많이 맞았고 가장 많이 맘을 아프게 해드렸다.


밥상머리 교육은 아버지의 단골테마. 자식 잘되라 맘먹고 하시는 말씀이지만, 우리 집 한심한 자식들과는 다른 누구네 집 아들, 딸내미의 화려한 전적들은 우리를 기죽게 한다. 아니, 기죽으려 하다 꿈틀한다.

"아부지는 왜 만날 다른 애들이랑 비교해요. 우리는 우리죠. 이러니 우리가 어떻게 잘할 수 있어요. 어쩌고저쩌고 #$%#@@~~~"

고 녀석 말하는 게 얌통머리 없게도 한다. 다 지 잘되라고 하는 말인데, 감히 내 맘도 몰라주고… 아부지 말하신다.

"그리 맘에 안 들면 내 집에서 나가라. 내 밥 먹지 말아라~!"

얌통머리 없는 기집애 생각한다. 치사하지만 얻어먹는 입장은 맞다. 하지만…,

"이 집이 어떻게 아빠 집이에요? 엄마 집도 되지. 그리고 그렇게 밥멕이는 게 싫으면 왜 낳았냐고, 누가 낳아달라고 했냐고욧!…"

숟가락이 날라가고 말이 송곳이 되어 이리 쑥~ 저리 쑥~. 이쯤 되면 즐거운 밥상은 막 나가는 밥상이 된다.

그 꿈에서 나는 15살의 아버지를 보았다.
어두운 방, 푸르게 썩어 가는 손가락을 부여잡고,
상처의 통증보다 더했을 사춘기 소년의
마음의 상처가 느껴져 엉엉 울었던 기억이다.

이런 얼토당토않은 유치한 싸움을 그 후로도 오랫동안 하게 될 줄은 그때는 아부지도 나도 미처 몰랐다. 언니는 나중에 나에게 그랬다. 가만히 있으면 될 것을 꼬박꼬박 말대꾸하다 맞는다고. 매를 부르는 아이라고.

이 관계가 지금처럼 부드럽게 되기까지 명상이 아니었다면 나는 아직도 여전히 같은 틀에서 맴돌고 있었을 것이다.

아버지와 너무나 닮은 나. 모든 상황이 남이 아닌 내 탓이며, 나를 소중히 여기고 이런 나를 몸을 빌어 세상에 나올 수 있도록 해주신 부모라는 존재에 대해 학교 졸업한 지 한참이나 지나 배웠다.

명상으로 변하는 자식의 모습에, 기대 한 번 채워주지 못한 자식일지라도 다시 한 번 보아주시고 믿어주시는 분들에게, 나는 지금도 그 고마움을 자주 엿 바꿔 먹는 뻔뻔하고 혼자 잘난 자식이다.

하지만 이젠 아부지의 "핸증아~" 부르심에 반달눈 만들며 "네~엡" 다소곳이 답할 줄도 알고, 군말 없이 고개 끄덕이며 경청도 하는 제법 착한 자식이 되었다…라고 나는 생각한다(하하 등에 땀이…^^;).

✛

10여 년을 주식에 매달리시다 빚에 집이 넘어가고 화에 부은 간덩이가 간경화가 되기까지, 되지 않는 상황에 따라주지 않는다 생각되는 처와 자식에게 못할 말로 못을 박으시던 이빨 센 최왈규씨.

자식에게 스스로를 세상 가장 못난 밥버러지로 생각하게 해주시는 언변에 늘 한구석 차가운 시선으로 아버지를 바라보았더랬습니다. 병으로 몇 번 쓰러지시고, 화도 힘이 있어야 내는구나 싶게 한풀 꺾인 모습에 못된 딸내미, 내심 반가워하던 맘 한구석에 이제는 아린 맘도 함께 합니다.

그러실 수밖에 없던 상황, 뿌듯한 자식이 되어드리지 못한 죄송함과 자책, 이제는 그 모든 것이 서로의 모난 부분을 깎아내며 성숙한 인격을 만들어가는 과정임을 알기까지 열심히 살아온 인생을 말해주는 당신의 손, 함께 해주셔 감사합니다.

왈구네 둘째 딸 현정이, 나이 서른이 넘어 이제야 부모님을 이해하려 합니다. 늦었어도 기특하게 보아주셔 감사하고 죄송합니다. 사랑합니다.

우리 아버지가 생각나서 좀 짠합니다. 이 세상의 모든 아버지들께 사랑한다고 외칩니다!

저 역시 아버지의 모습을, 아이를 낳고 아버지가 되어서야 이해하게 되었지요. 다 자식들 위한다고 애쓰셨다는 깊은 마음을 우리는 이제 이해할 수 있지요.^^

세상의 아버지들은 겉으로는 강한 척하지만 실은 엄청 약하답니다. 힘들고 약한 모습 보일까 봐, 가족들에게 등을 보이지 않으려고 안간힘을 쓰지요. 살아계실 때 이해해 주시는 그 마음 감사드립니다. 현정님 파이팅!!!

그럼에도 불구하고 아버님을 사랑하시는 마음이 저절로 흘러나오네요~ 아버님의 손가락을 감추려고 손으로 감싼 귀여운 아이~ 찡합니다.

지은이 **최현정** 1977년생 | 명상지도사

저는 명상을 시작한 지 이제 2년 차인 꽃다운 나이(!) 33세 처자입니다.
남동생이 먼저 시작하고 있었고 명상에 대해 인식은 별로 좋지 못한 상태였습니다. 일종의 현실 도피쯤으로 동생에게 힘든 건 알지만 현실에 발을 딛고 있으라고, 오죽 의지가 약하면 그런 데나 매달리느냐고 말리다가, 딱~! 한 번 따라가 본 수선대에서 선한 사람들의 눈빛에 반해(@@) 이제는 네가 더 한다는 소리를 들으며 하루하루 명상으로, 아팠던 마음을 치유하고 날로 드러나는 맘속 뽀얀 속살에 행복해 하고 있습니다.
이제는 수선재에서 즐거운 자기 찾기, 명상을 전하는 명상지도사로 일하고 있답니다. 글을 읽고 어떤 처자인지 궁금하신 분은 인사동으로 오세요.
맛난 차 한 잔과 맛난 명상 이야기 들려 드릴게요.^^~

# 마흔이 넘어서야

"니 잘 있나?"

"와 예~"

"응, 그냥 요즘 경기도 안 좋은데 별일 없나 궁금해서 전화했다."

"무소식이 희소식이라예~"

"그래….."

"그럼 계시이소."

얼마 전 어머니와의 통화한 내용이다. 좀처럼 안부전화라고는 해본 적이 없는 아들에게 어머니가 안부전화를 하셨나보다. 경상도 사람 특유의 무뚝뚝함을 어머니도, 나도 가지고 있기에 모자지간의 전화통화는 내가 생각해도 툭툭 끊어진다.

어머니는 내가 살고 있는 집에서 길 하나 건너에 사신다. 교회 친구분의 양옥집 반지하에 이모와 단둘이. 장성해서 출가한 아들 다섯과 딸 하나가 있는데 어머니는 혼자 사신다.

내가 초등학교 6학년 되던 해 아버진 위암으로 돌아가셨고, 지금의 내 아내보다 더 어린 나이였던 30대 초반의 어머닌 6남매를 홀로 키우셨다.

그전까지는 동사무소나 은행 한 번 가본 적 없이 고운 사모님으로 집에서만 살아오신 어머닌 그 후, 아버지께서 하시던 가구공장에 남은 재고나 반제품들을 조금씩 손보셔서 남대문이나 을지로의 수예점에 내다 팔아 생활비를 대셨다.

아버지 돌아가시던 그해 겨울엔, 당시 공장이 있던 지금의 잠실쯤 되는 시골 밤길을 걸어가시다 뒤에서 덮친 차에 치여 한쪽 다리가 부러지셨다. 당시에 박은 철심으로 지금까지 다리를 조금씩 저신다. 다리를 절며 양손엔 실내화꽂이, 잡지꽂이 등의 소품이 든 박스를 다섯 개씩 묶어 들고 걸어가시는 뒷모습이 가끔 생각난다.

교회를 열심히 다니시던 어머니는 교회에서 행사가 있으면 도와주시고는 남은 밥을 싸가지고 와 자식들에게 먹이셨다. 당시 어머니의 유일한 목표는 자식들 밥 먹이는 거였다고 한다.

어머닌 밤마다 철야기도를 하신다고 교회에 가셨다. 나중에야 단칸방에 다 큰 자식 여섯이 올망졸망 눕고 나면 누울 자리가 없어 그러셨었다는 걸 알았다.

내가 다니던 중학교는 주로 잘사는 아이들이 모여 있는 학교였기에, 가끔은 형편이 어려운 내 처지가 서러워 밤에 이불 속에서 혼자 울곤 했던 기억이 난다. 일찍 돌아가신 아버지를 원망하며….

나이 40이 훌쩍 넘어 아버지 돌아가시던 나이를 지나서야,
나의 어머님이 훌륭하신 분이셨다는 것을
내가 참 못된 자식이라는 것을 조금씩 조금씩 느낀다.

당시 홀어머니가 사업을 훌륭하게 하여 자식들을 잘 키웠다는 뉴스를 접하거나, 어떤 훌륭하게 된 인사가 자신의 어머닌 가난했지만, 이런저런 가풍으로 키웠기에 지금의 자신이 될 수 있었다는 식의 보도를 접하면 왜 우리 어머닌 그런 어머니들처럼 어렵지만 우아하게 자식을 키우지 않았을까 원망하기도 했다.

그저 하나님만 바라보고 살았던 어머니였고, 삶의 교훈은 성경에 있으니 그 말씀대로 살면 된다는 말밖에 하지 않았던 어머니의 무지가 때로는 원망스러웠다. 초등학교밖에 나오지 않았던 어머니에겐 의지할 곳이란 하늘밖에 없었고, 삶의 교훈은커녕 당장 생존이 문제였다는 사실을 다 자라서야 알았다.

돈을 벌기 시작한 후엔, 우리 집은 밑 빠진 독이므로 돈을 보태줘도 한이 없으니 나 자신에게 투자해야 한다는 핑계로 집에 돈을 갖다 준 기억이 거의 없다.

당시엔 어머니가 왜 하늘만 쳐다보고 사시는지 이해가 안 되었다. 가게를 할 수도 있고, 뭐 이런저런 할 일이 많을 텐데, 왜 그렇게 사는지 '모든 게 하나님의 뜻이고 이게 다 훈련과정'이라고 하시는 말을 들을 때마다, 그렇게 살아가는 것이 답답해서 일부러 자취방을 얻어 나가 살았다. 집은 애써 외면한 채 밖으로만 돌았다.


어머니에겐 그게 최선이었다는 것을 지금에야 조금씩 알아간다. 사회에서 만나는 사람들에게 가끔 내 어려웠던 어릴 적 이야길 하면, 아무도 내가 그렇게 자란 것 같지는 않다고 한다. 하지만 지금 생각해 보면 생활은 어려웠을지 모르지만, 생존의 문제로 각박하게 살진 않았다.

어머닌 자신의 철저한 희생으로 자식들은 그런 사실을 모르게 하려고 애쓰셨기에…. 어른이 되어서 '자식들 밥 먹이는 것이 매일매일 가장 큰 숙제였다'는 얘길 듣고서야 그랬었나 하고 생각이 들 정도니.

생각해 보면 그래도 이만큼 번듯하게 나를 키우신 것은 모두 어머니 덕이다. 그런데 지금까지 살면서 한 번도 어머니에게 고맙다는 생각을 한 적이 없는 것 같다. 그냥 내 힘으로 컸다고 생각하며, 아련한 원망을 바닥에 깔고 그렇게 살았다.

그리고 어머닌 그렇게 자식들에게 잘 해주지 못한 것을 평생을 미안하게 생각하시는 것 같다. 지금도 이제껏 해준 게 없는데, 자식에게 얹혀사는 것이 미안해 혼자 사는 것을 고집하신다. '교회가 가까워야 한다'는 핑계 아닌 핑계를 대면서….

나이 40이 훌쩍 넘어 아버지 돌아가시던 나이를 지나서야, 내가 살아온 날들을 한참 되돌아보고서야, 도반님들의 부모님에 대한 얘기를 듣고서야, 나의 어머님이 참 훌륭하신 분이셨다는 것을 내가 참 못된 자식이라는 것을 조금씩 조금씩 느낀다.

미안합니다. 어머니. 그리고… 감사합니다.

인생사가 왜 이리 애달픈 것일까요. '자식들 밥 먹이는 것이 매일매일 가장 큰 숙제였다.' 도저히 따라갈 수 없는 어머니의 마음입니다. 저도 가장 가까운 사람부터 따뜻하게 위로 해줘야겠습니다.

어머님의 마음을 충분히 알 것 같습니다. 오늘 저는 생선을 많이 샀습니다. 어느 순간 제가 생선을 잘 안 먹고, 매일 김치만 먹고 있다는 것을 느꼈습니다. 먹을 것이 부족하지도 않은 데 가족들 먹는 입을 보면서 내가 먹는 줄 착각한 것입니다. 아, 이것이 엄마의 마음인가 보구나. 그래서 오늘 아주 많이 샀는데 지금 생각하니 또 안 먹었습니다. 내일은 꼭 먹어야겠습니다. 나 자신을 아껴줘야지. 나중에 내 아이들이 나를 아프게 기억하지 않도록.^^

어려운 가운데도 훌륭하게 키워주신 어머님이시네요. 그렇게 어렵게 자라셨을 줄은 몰랐습니다. 선배님의 어머님을 향한 사랑도 느껴지네요.

저도 엄마의 속마음까지 다 헤아릴 수 있으려면 아직 멀었다는 생각을 합니다. 지금 두 아이의 엄마이지만, 저희 엄마같이는 죽어도 못할 것 같습니다.^^;

모든 어머니와 아버지는 훌륭하신 것 같습니다. 선배님의 아련한 추억을 접하니 말씀 속 포근함이 느껴지네요.^^

명상을 시작한 지 어느새 9년째….

얼마 전 어머니와 통화를 했는데, 목소리가 좋지 않으셨다. 이유를 여쭈니 윗집에 같이 사시던 절친한 교회 친구분이 며칠 전 갑자기 돌아가셨다고 하신다. 참 오랜 기간 동안 서로 의지하며 도움도 많이 주셨던 분이신데, 보름 전쯤 위암 수술을 무사히 잘 마치고 집에 와 계시다가 몸이 다시 안 좋아져 병원에 가셨는데, 그날 밤 심장마비로 돌아가셨다고 하신다. 꽤 충격을 받으셨던 듯 며칠을 식사도 제대로 못하셨다고 한다. 오랜 종교생활과 호스피스 봉사활동 등으로 이젠 죽음에 대해서는 그리 영향을 안 받으실 듯도 한데, 그래도 오랜 친구분과의 이별은 상당히 아프셨나보다.

명상을 시작한 계기가 장인어른의 죽음 때문이었지만, 이젠 죽음이 무겁진 않다. 우리가 지구별에 온 이유는 무엇인가를 배우기 위해서이고, 그 공부를 마치면 졸업하는 것이 당연하다는 걸 알기 때문이다.

명상을 하면서 무거움을 하나씩 덜어내는 기쁨을 가진다. 죽음에 대한 무거움도, 과거의 실수에 대한 무거움도, 오랜 기간 나를 괴롭혀 왔던 '두려움'이라는 뿌리도, 하나씩 하나씩 덜어내어 가벼워지는 즐거움을 즐기고 있다. 아직은 덜어낼 것이 많아 날아오를 듯이 가볍진 않지만, 조금씩 가벼워지고 있음에 내일이 기다려진다.

# 신문로

서울로… 서울로….

　사람이 태어나면 서울로 보내야 한다는 부모님의 신앙 같은 믿음은 어린 피붙이와의 가슴 찢는 이별의 아픔마저 초월할 수 있었던 그 무엇이었나 보다. 서울로 가는 버스에 나를 실어 보내고 눈물을 훔치며 뛰어가시던 어머니의 뒷모습과 버스 꽁무니에 피어오르던 원망스런 뽀얀 먼지는 빛바랜 스틸사진으로 내 영혼에 인화되어 아직도 또렷이 남아있다.

　지금은 도심재개발로 자취마저 사라져 버렸지만 그 옛날 글쟁이 선비들이 과거시험을 보러 지방에서 올라오면 묵어갔다는 서울 사직동의 무허가 한옥촌이 나의 서울유학 보금자리였다.

　시골에서 갓 올라온 촌뜨기 초등학생의 문화적인 쇼크는 등굣길부터 시작되었다. 한국의 '베버리 힐스'라고 불리는 '신문로新門路'가 시골촌닭의 등굣길이었으니 그 충격은 실로 가공할 만한 것이었다.

누더기 한옥촌과 언덕 하나를 사이에 두고 그림 같은 초호화 저택들이 서로 마주하고 있으리라고 어디 상상이나 했겠는가? 삼엄한 경비가 깔린 이태리 대사관을 지나 커다란 풀장과 숲 속 같은 정원을 가진 대저택들. 그 높고 지루한 돌담길을 한참을 지난 다음에야 겨우 '새문안 길'에 닿을 수 있었다.

1년 동안 그 길을 오가며 난생 처음 한없이 작아지는 자신을 만날 수 있었다. 더욱이 인적도 드물고 가로등도 멀어서 어두워진 하굣길은 혼자서 걸어 다니기에 너무도 무서웠다. 신문로는 어른이 된 지금도 무서운 꿈을 꾸면 배경으로 나타나는 길이기도 하다.


그러나 그토록 외롭고 두렵기만 하던 등굣길이 중학교에 진학하면서 즐거운 길로 바뀌었다. 신문로를 지나지 않아도 된다는 것만으로도 기쁜 일이었다. 함께 할 친구들도 생겨서 외로움 따위는 잊고 지낼 수 있었다.

조계사 바로 옆에 위치했던 중학교가 지금은 개포동으로 이사한 지 오래지만, 한국일보를 끼고 중앙청을 지나 정부종합청사, 그리고 서울지법을 지나는 길이 나의 등하굣길이었다. 언론이나 정계에서 출세할 것도 아니면서 나는 그 길을 3년이나 걸어 다녀야 했다.

"가위 바위 보!!! 보!!! 보!!! 와~ 나만 아니면 돼~"

까까머리에 검정교복을 입은 다섯 명의 중학생이 길거리에 가방을 산더미처럼 쌓아 놓고 가방 들어주기 가위바위보가 한창이다. 그 모습이 신기했던지 지나가던 일본 관광객들이 한참을 지켜보곤 했지만 그럴수록 더 신나게 가위바위보를 합창하고 있었다.

지금 생각해도 나는 유독 술래에 잘 걸렸던 것 같다. 그러나 그럴 때면 남몰래 다가와 무거운 가방을 함께 들어주던 친구가 있었다. 나의 단짝 B였다.

B는 입학식 날 선생님과 친구들을 모두 놀라게 했었다. 담임선생님의 지적에도 불구하고 교실에서도 모자를 벗지 않으려고 끝까지 버티던 B였다. 그 상황을 복도에서 지켜보시던 B의 어머니께서 교실 창문을 살짝 열어 말씀하셨다.

"얘야 괜찮다. 이제 모자를 벗으렴."

고개를 숙인 채 어렵게 모자를 벗은 그의 머리에는 어른 손바닥만 한 화상 자국이 있었다. 어릴 적 뜨거운 물에 데인 자국이라고 했다. 홍당무가 되어 버린 그의 얼굴에 눈물이 흐르고 있었다. 그동안 얼마나 많은 놀림과 서러움을 겪었을지 짐작이 되었다.

B는 어머니와 단둘이서 극심한 가난의 고통 속에 살고 있었다. 그러나 같은 학급의 친구들은 대부분 그를 멀리했었다. 그런 그에게 나는 동정심이 일었다. 때로는 매점에서 점심을 사주기도 하고, 버스 회수권이나 토큰을 나누어 주기도 했다. B는 그런 나에게 보답하려는 듯 하굣길 무거운 가방을 함께 들어주곤 했던 것이다.

어느 날 B는 나에게 진지하게 물었다.

"왜, 나에게 베푸는 거지?"

동정심 때문이라고 말한다면 그의 자존심에 상처가 될지도 모를 일이었다. 나는 잠시 당황했지만 또박또박 대답했다.

"내가 너에게 약간씩 베푸는 건… 이미 난 누군가에게 베풂을 받은지도 모르고, 앞으로 누군가에게 받을지도 모르기 때문이지. 여기서 말하는 그 누군가는 과거의 너였을 수도 있고 앞으로의 너일지도 모르지…."

어설픈 변명이라도 하려 했는데 뜻밖에 그럴듯한 말들이 쏟아져 나왔다. 내 입에서 나온 말이라고 믿기 어려울 만큼 감동적인 대답이었다. 나는 앞으로 이 말을 유용하게 쓰리라고 다짐하고는 혼자서 되뇌곤 했었다.

B 역시 그런 나의 대답에 큰 감명을 받은 것 같았다. 가난과 흉한 외모 때문에 자신을 멀리하던 다른 친구들과는 달리, 이제야 제대로 된 친구를 만난 것처럼 기뻐하며 진정으로 나에게 마음을 열고 다가왔다.

그런데 그때부터 나는 점점 B가 부담스럽기 시작했다. 그것이 동정심의 한계인지도 모를 일이었다. B는 방학 중에도 나를 찾아와 작은 도움을 청하기도 했다. 겨우 버스 회수권 몇 장, 버스 토큰 몇 개 정도였다. B의 눈에는 내가 베풂에 인색하지 않은, 세상에 둘도 없는 친구로 생각했던 것 같았다.

그러나 그건 약간의 동정심이 불러일으킨 지나친 오해였다. 동정심은 있었지만 깊은 우정을 이야기할 만큼 충분한 시간이 흐른 것은 아니었다. 나는 그 후로 B에게 좀 냉랭하게 대했다.

자존심 강하고 눈치 빠른 B는 나에게 조금 실망하는 듯 보였다. 내가 여느 아이들과는 다르리라는 B의 기대와 믿음이 한꺼번에 무너지는 듯 보였다. 그리고 더 이상 나에게 마음을 열지는 않았다. B는 다시 혼자였다.

세월이 흘렀다.

서울에 보내면 출세할 거라 그토록 믿었던 부모님께 나는 크나큰 실망을 안겨드렸다. 자식 뒷바라지 잘하면 출세할 수 있으리라 믿었는데 나는 그 믿음을 송두리째 무너뜨리고 말았다.

반드시 누군가에게 잘못을 저지르고 피해를 주어야만 죄가 되는 것만은 아니었다. 사회적으로 존경받는 정치인이나 종교지도자들이 그를 따르는 사람들에게 배신감이나 실망감을 줌으로써 정신적으로 도탄에 빠뜨리는 것이 얼마나 큰 죄악이던가.

비록 한 가정의 일이긴 하지만 오랜 세월을 힘들여 뒷바라지하면서도 자식에 대한 믿음으로 힘겨운 삶을 마다하지 않으시던 부모님을 실망에 빠뜨린 것도 죄가 될 수 있음을 뼈저리게 느끼게 되었다.

지금은 결혼하여 두 아들까지 얻었지만 앞으로는 아이들이 엄마 밑에서만 커 나가야 할 처지에 있다. 기러기 아빠가 된 지금, 아이들 생각이 간절할 때면 중학교 때 편모슬하에서 어렵게 생활하던 B가 생각났다.

B에게 인색했던 순간들이 아쉬움으로 다가왔다. 그에게 얼마나 베풀고 못 베풀고의 문제가 아니었다. B가 나에게 주었던 무한 신뢰와 순수

내가 너에게 약간씩 베푸는 건···
이미 난 누군가에게 베풂을 받았는지도 모르고
앞으로 누군가에게 받을지도 모르기 때문이지.
여기서 말하는 그 누군가는
과거의 너였을 수도 있고
앞으로의 너일지도 모르지.

했던 우정을 냉정하게 저버렸던 이기적인 죄책감, 바로 그것이었다.

땀내 품은 검정교복을 입고 어느새 교문을 빠져 나와 한국일보 앞을 지나고 있었다. 한 무리의 일본 관광객들이 나를 보고 비웃으며 지나가고 있었다. 그날따라 사람들의 시선이 여간 창피한 것이 아니었다.

친구들의 무거운 가방을 네 개씩이나 들고 집으로 가는 길이었다. 그런데 친구들은 보이지 않았다. 막다른 골목이 마주보이는 전봇대까지만 가면 다시 가위바위보를 할 수 있다. 어렵사리 약속한 전봇대까지 도착했건만 친구들은 온 데 간 데 없었다. 친구들이 오기만을 기다리는데 갑자기 어두워진 신문로가 내 눈앞에 펼쳐지는 것이 아닌가.

'아니 이럴 수가….'

많은 사람들이 지나던 멀쩡하던 길이 인적 없고 어두운 신문로 길로 바뀌어져 있었던 것이다. 갑자기 당황스럽고 무서웠지만 빨리 집으로 가는 것밖에는 다른 방법이 없어 보였다. 그때 뒤에서 누군가 다가오며 말을 건네는 것이었다.

"가방을 들어줄게."

B였다. 어둠 속이지만 B가 분명했다.

"왜 이제 온 거야? 나 혼자 얼마나 힘들었는데…."

B는 아무 말 없이 가방 두 개를 받아 들고 앞서가기 시작했다. 나는 혼자 남게 될까 무서워 B를 뒤쫓아 뛰어갔다. 얼마를 뛰었을까? 아득히 멀어 보이던 가로등이 점점 가까워졌다.

그런데 가로등에 비친 B의 모습이 점점 이상해 보였다. 자세히 보니 다른 학교 교복을 입고 있는 것이 아닌가? 모자를 깊이 눌러쓴 B의 얼굴은 제대로 보이지 않았다.

"모자를 벗어봐. 네 얼굴을 자세히 봐야겠어, B."

B는 작심한 듯 모자를 벗었다. 머리에는 여전히 어른 손바닥만 한 화상 자국이 있었다. 크게 놀랄 일은 아니었다. 그러나 그의 얼굴을 보는 순간 나는 경악하고 말았다.

그의 얼굴이 점차 변하더니 나의 큰아들의 얼굴을 하고 있지 않은가. 게다가 얼마 전 새로 사준 교복을 입고 나를 향해 웃으며 서 있었다. 그 순간 소름이 끼치도록 무서웠지만 아들의 목소리가 또렷이 들려왔다.

"아빠!!! 가방을 들어주었으니 버스 회수권을 주든 버스 토큰을 주든 빨리 줘."

"아니 네가? 잠깐만!!! 가지 말고 기다려. 기다려봐…"


악몽이었다. 땀이 비 오듯 흘렀다.

'아이들에게 무슨 일이 생긴 걸까?'

그러고 보니 깜빡 TV를 켠 채 잠이 들었나 보다. TV에서는 영화 '친구'가 방송되고 있었다. 검정교복을 입은 까까머리 학생들이 여기저기 뛰어다니는 장면이 눈에 들어왔다. 한동안 눈을 뜬 채 꿈을 꾸고 있는 듯했다.

창문을 활짝 열었다. 별도 달도 없는 밤하늘에 교복을 입은 큰아들 얼굴이 떠올랐다. 나도 모르게 아들을 향해 나지막이 속삭였다.

"아들아! 살면서 절대로 듣지 말아야 할 질문이 한 가지 있더구나.

그건 바로 '당신은 왜 나에게 베푸는 건가요?' 라는 질문이란다.

상대방이 베푼 것을 눈치 챌 정도라면 그건 이미 베푼 것이 아니더구나…."

시원한 밤공기가 얼굴에 부딪혀왔다.

저도 어릴 적에 그런 친구가 있었어요. 조그만 동정심을 베푼 거였는데 그 친구가 마음을 열고 확 다가오니 부담스런 마음에 등을 돌렸지요. 상처받았을 그 친구에게 미안해지네요.^^;

그 당시에 왜 그러했는지 되돌아보니 부끄럽네요. 또 생각은 얼마나 편협했는지! 저에게도 친구와 얽힌 미안한 일이 생각나네요.

'상대방이 베푼 것을 눈치 챌 정도라면 그건 이미 베푼 것이 아니더구나.' 감동 먹었습니다.^^

과거와 현재를 잇는 신문로, 아쉽고 미숙했던 친구와의 관계, 영화, 가슴 깊이 남아있던 미안한 마음이 점철되어 한편의 멋진 회상씬을 탄생시켰네요!^^

중년에 이르러 두 번의 연이은 사업실패의 충격으로 협심증과 우울증을 앓게 되었습니다.

벼랑 끝 재기를 노리며 작은 카페를 운영하고 있던 중 우연한 기회에 한 권의 명상서적을 만나게 되었고 그것은 내 인생에 가장 중요한 만남이 되었습니다.

평소에도 마음의 치료를 위해 성공처세술을 비롯한 종교서적들을 탐독하고 있었지만 근본적인 치료와는 거리가 있었습니다. 명상을 통해 필요한 감정들을 불러일으키기도 하고 괴로운 감정들을 가라앉히기도 하면서, 더 이상 협심증과 우울증이 나를 괴롭히지는 못했습니다. 마음의 평안을 얻으면서 삶의 돌파력이 생기기 시작했습니다.

돌이켜 보면, 그동안 나의 삶이 우연을 가장한 필연의 연속이었고 인과응보의 결과물임을 느끼게 됩니다. 마음 하나 어떻게 먹느냐에 따라 일상의 삶이 지옥이 될 수도 있고 천상이 될 수도 있는, 동전의 양면과 같은 것이었음을 느낍니다. 명상을 통해 어지럽게 흩어져 있던 삶의 퍼즐조각들이 하나씩 맞추어지는 희열은 세상 무엇과도 바꾸고 싶지 않은 또 하나의 기쁨이었습니다. 그것은 바로 자기 자신을 알고 사랑하는 기쁨이었습니다.

내 인생 내 뜻대로, 나만의 그림판에 스스로 계획한 퍼즐조각을 맞추어 나가는 기쁨을 어떻게 형용할 수 있을까! 날마다 새롭게 채워지는 알록달록한 삶의 퍼즐들을 바라보는 희열을 이제는 세상 모두에게 전하고 싶습니다.

# 내 탓이에요

출근길에 갑자기 핸드폰이 울렸다. 전화번호를 보니 셋째 동생이다.

'아침부터 웬 전화지?'

전화를 받아보니 동생이 다급한 목소리로 말한다.

"언니, 아빠가 주식투자로 돈을 날렸대. 지금 엄마랑 난리 났어. 얼른 집으로 와줘."

"아빠가? 아빠가 무슨 돈이 있어서 주식투자를 해?"

"그러니까 지금 너무 황당해서 말도 안 나와. 일단 집으로 와줘."

나는 출근을 하다 말고 집으로 향했다. 집에 가보니 아버지는 아무 말 없이 고개만 숙이고 계셨고, 엄마는 울고불고, 동생들은 그런 부모님을 말없이 지켜보고 있었다. 알고 보니 아버지가 카드빚을 내서 주식투자를 한 모양인데, 그걸 모두 날리면서 일명 '깡통'을 찬 모양이었다.

그러면서 카드 채무담당자가 집으로 전화를 해서는 당장 갚지 않으면 가압류가 들어가겠다고 협박을 한 모양이었다. 가족들 몰래 주식투자를 한 금액은 200만 원 정도라고 했다. 다행히 큰 금액은 아니다 싶어 가족들끼리 모아서 갚아 나가자고 했는데, 엄마가 반대를 하셨다. 분명히 더 큰 빚이 있을 거라는 주장이셨다.

"아빠, 솔직히 말씀해보세요. 빚이 더 있어요? 얼마나 하신 거예요?"

아버지는 아무 말씀도 하지 않으시고 계속 고개만 숙이고 계셨다. 불안한 느낌은 언제나 맞는다고 했던가…. 엄마의 예상은 적중한 듯싶었다. 가족들이 계속 추궁을 하니 처음엔 200만 원이었던 것이 600만 원으로, 다시 900만 원에서 1,200만 원으로 늘었다. 무슨 3의 배수도 아닌데 금액이 커지는 것이 내심 불안했다.

나는 아버지의 주민번호를 가지고 몰래 신용사이트를 검색해봤다. 알고 보니 아버지 빚은 총 6천만 원이었다. 아, 벌이도 없으신 분이 어떻게 6천만 원이란 빚을 질 수 있었던 것인지 도무지 이해할 길이 없었다.

2003년 신용카드 대란이 우리 가족에게도 불어 닥친 것이었다. 당시 가족들이 사는 전셋집이 3,500만 원이었고, 나는 회사 동료집에 월 10만 원씩 얹혀살고 있었으니 6천만 원이란 돈에 가족들은 모두들 할 말을 잃고 말았다.

당장 돈을 갚지 않으면 집으로 차압딱지가 들어오니 어떻게 해야 하나… 결국 엄마는 더 이상 애정도 없고 어떻게 해서든 집은 지켜야 하지 않겠느냐며 이혼이라는 카드를 꺼내들었고, 거리로 나앉아 살 수는 없으니 가족들도 그것이 최선의 방법이라고 생각했다. 아버지는 묵묵히 가족의 의견을 따라 합의이혼을 하셨고, 파산신청을 하고, 신용불량자가 되셨다.

어쨌든 한 고비는 면했지만 이혼을 하신 아버지가 갈 곳이 없었다. 서류상으로만 이혼을 한 것으로 하고 싶었지만, 엄마가 더 이상 같이 살고 싶지 않다고 난리를 치는 통에 아버지는 그 길로 집을 나와야만 했다.

나는 그런 아버지를 모셔야겠다는 생각이 들었고, 다행히 회사이름을 보고 은행에서 엄청난 신용대출을 해주어 방 두 칸짜리 다세대 주택을 전세로 얻을 수 있었다. 그렇게 아버지와 같이 살게 되었지만, 나는 혹시 사채업자가 들이닥치기라도 할까봐 두려웠다. 사채는 쓰지 않으셨다고 주장하셨지만 1,200만 원이 6천만 원으로 불어나지 않았던가. 게다가 아버지 앞으로 된 의료보험료를 납부하지 않아 회사로 월급 가압류 통지서를 받은 적도 있었다. 그런 아버지를 믿을 수 없었던 나는,

"혹시 모르니까 집주소는 여기로 옮기지 마세요. 다른 데 아시는 데로 옮기시거나 이전 살던 대로 놔두세요."

아버지는 묵묵히 고개만 끄덕이고, 묵묵히 딸이 내뱉는 말을 따랐다.

그렇게 4개월여를 같이 살 때쯤 연말정산 철이 다가왔다. 연말정산을 하려면 호적등본을 제출해야 한다. 부모님이 이혼한 흔적이 고스란히 남아 있을 터인데…. 조금은 울적한 마음으로 동사무소로 향했다. 동사무소에서 호적등본을 발급받고 나는 그 자리에서 석고상처럼 굳어버렸다.

나는 내 눈을 의심하고 싶었다. 거기엔 엄마와 이혼한 흔적과 다른 여

그때 아버지 손을 잡고서 따뜻한 온기라도 전해드렸었더라면
'괜찮아요'라는 가슴 따뜻한 한마디 말이라도 전해드렸더라면
아마도 서로 상처를 주는 일은 없었을 것이다.

자와 재혼한 흔적이 있었다. 이혼한 것이야 그렇다 치더라도 이혼하고 2개월 만에 다른 여자라니? 게다가 나랑 같이 살고 있는데? 재혼한 여자의 국적은 '중화인민공화국'이라는 글자가 선명하게 찍혀있었다. 아버지가 중국여자와 결혼한 것으로 호적이 변경되어 있었다.

호적등본을 들고 길거리에서 한동안 멍~하니 서 있었다. 그렇게 한 30여분을 서 있었을까. 아버지에게 전화를 했다. 무슨 이유냐고 도대체 왜 그랬냐고 따지고 물었다. 아버지는 대답을 하지 않고 전화를 끊으셨고, 그것으로 아버지의 얼굴을 몇 년간 볼 수 없었다. 아버지는 그 길로 편지 한 장을 써놓으시고 집을 나가셨다. 편지 내용은 대략 이랬다.

'아빠는 없는 것으로 생각하고 살거라.'

그 편지를 붙들고 한참을 목 놓아 울었더랬다. 서러워서 울었고, 아버지의 배신에 억울함에 울었고, 도대체 이 상황을 어떻게 받아들여야 할지 몰라서 또 울었다. 후에 아버지를 다시 만나게 되어 물으니 그 중국여자는 돈을 받고 위장결혼을 한 것이라 했다. 그렇게 돈이 필요했느냐 물었더니 아버지의 대답은 뜻밖이었다.

가족들에게 복수를 하고 싶었다고 했다. 자식들 때문에 참고 산 세월이 얼마인데, 그거 하나 잘못했다고 이혼을 강요하고, 이혼을 하자는데 어떻게 자식들이 반대를 아무도 안 하냐고. 그래서 '한번 당해봐라'라는 심정으로 일을 저지르셨다고 했다. 차라리 사랑하는 여자였다고 했으면, 그런 대답을 하셨으면 상처를 덜 받았을 텐데….

복수가 목표였다면 복수는 제대로 하신 듯싶었다. 그것으로 가족은 많은 상처를 받았으니. 게다가 그 중국여자는 나도 모르게 내 의료보험증에 모친으로 등록되어 의료혜택을 받고 있었다. 의료혜택 받는 거야 아깝진 않다손 치더라도 나도 모르게 몰래했다는 것이 괘씸하여 민원제기까지 하고 그 과정에서 회사 인사팀에 내 가족사를 일일이 설명하는 해프닝까지 벌어졌었다.

아버지와 다시 연락하게 된 건 내 결혼식 때문이었다. 고모를 통해서 내 결혼소식을 듣게 된 아버지가 다시 연락을 하셨고, 딸 결혼식인데 어쨌든 아빠 노릇은 해야겠다는 생각에 연락을 하셨다. 하지만 솔직히 반갑지 않았다. 아버지 없다고 생각하며 산 세월이 2년, 차라리 편하기도 했었으니까.

그래도 참석을 하시겠다고 하니 굳이 말릴 생각은 없었지만, 문제는 엄마였다. 엄마는 다시 연락이 닿는다는 사실만으로도 노발대발하셨고, 아버지가 결혼식에 참석을 하시면 엄마가 참석하지 않으시겠다고 고집을 피우셨다. 아버지는 참석해야겠다고 고집을 피우시고. 자식의 입장에서, 중간에서, 자식 두 번 죽이고 싶냐고 따지고 들었지만 그 고집들을 누가 당하겠는가….

그리고 솔직히 귀찮았다. 2년 동안 연락 한 번 없으시다가 내 결혼식 전에 갑자기 나타나서는 왜 불협화음을 만들어내는 것인지. 이미 시댁에도 아버지는 이혼하시고 연락 안 되신다고 말씀도 드린 상태이고, 양가 상견례에도 엄마만을 모시고 나갔는데, 갑자기 결혼식장에서 맞닥뜨

리게 될 그 상황이 솔직히 불편했다. 결심을 하고 아버지께 장문의 편지를 썼다.

'제 결혼식에는 참석하지 않으시는 것이 좋겠습니다. 참석하지 않더라도 원망하지 않을 테니 염려마세요. 결혼식 후에 한 번 찾아뵙도록 하겠습니다.'

편지를 보낸 후에 아버지는 더 이상 고집을 피우지 않으셨다. 결혼식은 엄마만을 모시고 진행했고, 입장은 신랑신부 동시입장으로 진행했다. 결혼식은 순조로웠고, 그 순간 나는 아버지 생각은 안 했고, 그저 행복한 그 순간을 즐겼다. 신혼여행을 다녀오고 결혼 앨범을 들고 아버지를 찾아뵈었다. 아버지는 딸의 결혼식을 앨범을 통해서야 비로소 볼 수 있었다.

그 후로 아버지는 호적을 다시 정리했다(결국은 2번 이혼한 경우가 되어버렸지만). 종종 아버지와 연락을 하고, 식사를 같이 하기도 하지만, 아버지께 받은 상처와 배신은 쉽사리 지워지지가 않았다.

명상을 하면서도 종종 그 생각을 하면 가슴이 먹먹해지고, 울컥하는 감정이 올라오곤 했다. 108배를 하고, 천배를 하면서 그 기억이 지워지길, 아버지를 용서할 수 있기를 얼마나 빌었던가….

명상을 한 지 2년. 이제 아버지를 객관적으로 볼 수 있는 용기가 조금씩 생기기 시작했다. 명상일기를 통해서 매일 조금씩 상처들을 꺼내어 닦아주는 과정 속에서 아버지를 조금씩 이해해 가기 시작했다.

아버지가 주식투자를 하시기 전부터 우리 가족은 아버지를 가족의 한 일원으로 인정하지 않았었다. 의도적이진 않았지만, 무의식적으로 우린 아버지를 없는 사람처럼 그렇게 대했었다. 아버지가 집으로 돌아오셔서 혼자 밥을 드시고, 문간방에 들어가 홀로 잠을 청하시고, 다시 아침에 나가실 때도 가족 누구도 살갑게 대화를 건넨 이가 없었다. 마치 없는 사람처럼….

그렇게 아버지는 수년간을 그림자처럼 조용히 가족 곁이지만 홀로 외롭게 살고 계셨다. 경제력이 없는 아버지의 자리란 그렇게 외로운 것일까? 아버지는 그 외로움을 달래고자 친구를 찾았고, 친구 따라서 시작한 주식이 처음엔 10만 원, 20만 원, 불어난 것이 수천만 원이 되었다.

순진하고 착하디착하시기만 한 분이 수천만 원을 잃었으니 그 마음이 얼마나 지옥이었으랴. 그 마음을 돌봐줄 이가 아무도 없었을 것이고, 아버지는 홀로 그 시간을 감내하셨을 것이다.

그리고 사건이 터진 후에도 아버지는 고개를 숙이고 계셨고, 철저하게 혼자였다. 그때 아버지 손을 잡고서 따뜻한 온기라도 전해드렸었더라면, '괜찮아요' 라는 가슴 따뜻한 한마디 말이라도 전해드렸더라면 아마도 서로 상처를 주는 일은 없었을 것이다.

나는 비로소 가족이라는 인연 안에서 일방적으로 한 사람이 상처를 주고 상처를 받는 관계는 없음을 깨닫는다. 의도적이든 의도적이지 않든 나도 누군가에게 상처를 주고 있음을 발견했고, 내가 받은 상처의 원인으로 나 자신도 자유로울 수 없음을 깨닫는다.

'내 탓이오, 내 탓이오, 내 큰 탓이로소이다.'

옛 기도문 한 구절이 가슴을 울린다. 이 순간 아버지에게 용서를 빌고, 좀 더 가슴이 따뜻한 딸로 다시 태어나길 다짐해본다.

 글이 명상임을 느끼게 되네요. 툭툭 털어내시고 점점 가벼워지시는 것이 눈에 보입니다. 가슴에, 온몸과 온 마음에 시원한 바람 가득하시길 바랍니다.

아빠의 아픔을 이해하는 예쁜 딸. 아빠는 행복할 겁니다.^^

그런 아픈 사연이 있는지 몰랐습니다. 점점 가벼워지는 느낌이 드실 겁니다. 저도 예전에 그랬었으니까요.

참을 수 없는 고통이지만 그것으로 인한 '배움'은 나를 더욱 살찌우는 것 같더군요. 가족들과의 크고 작은 애환, 그것을 덜어내려는 노력. 잘 해내시리라 믿어요, 파이팅!

우리는 이젠 '사람'만을 보는 것이 아니라 그 '상황'을 볼 수 있게 된 거 같아요. 생의 한 가운데에서 그 누구도 쉽게 결론을 내릴 수 없음을 다시 한 번 배우게 됩니다.

지은이 이수진 1974년생 | 중견 IT기업 과장

부모님 도움 없이 맨손으로 독립해 나와서 정말 정신없이 일하며 지냈습니다. 직장생활 10년 동안 나름대로 그 분야에서 인정도 받고 생활도 성실하게 했습니다. 남들처럼 열심히 출근하고 야근하고 철야하고 살다보니, 어느 날 문득 야근을 하고 집으로 돌아가는 택시에서 한강을 보니 눈물이 나더군요. '나는 왜 이렇게 살고 있는 걸까? 이렇게 살고 있는 것이 맞는 걸까?' 라는 생각이 들었습니다. 생각해 보면 내 인생에서 일을 빼면 '나' 라는 사람은 별 쓸모없어지는 것이 아닌가 하는 생각도 들더군요. 일을 너무 열심히 하다 보니 그즈음 가족들과의 관계도 많이 소원해져 있었고요.

주위 동료들은 직장인들 누구나 겪는 사춘기라고만 말했지만, 내 인생의 항로가 제대로 가고 있는 것인지 의문이 들었습니다. 기부금도 내고, 봉사도 해보고, 취미생활도 해보았지만, 그 어느 것도 내 마음을 충분히 행복하게 해줄 그 무엇은 없었습니다.

그즈음 명상을 만나게 되었습니다. '명상' 은 나와는 멀리 떨어져 있는 운동 같은 것이라고만 생각했고, 그런 것은 특별한 사람들만 하는 것이라고 생각했었는데….

지금은 내 안에서 행복을 찾고, 내가 진정 원하는 일을 찾았습니다. 그 일을 하기를 꿈꾸고, 이루기 위해 노력하고 있습니다. 늦지 않은 나이에 가족들과의 관계를 다시 되돌아보고 내가 원하는 것을 찾았다는 것이 많이 기쁘고 행복합니다.^^

# 내 인생의 귀인

어느 명절 연휴 끝, 며칠 머물렀던 두 언니네 식구도 일상으로 돌아가고 장사를 일찍 마치고 돌아온 엄마와 나는 간만의 여유를 만끽하며 TV에서 하는 한물간 할리우드 액션 블록버스터 영화를 본다. 자동차가 나동그라지고 건물이 부서지는 영화의 클라이맥스에서 혼을 놓고 보던 엄마가 던지는 말,

"저래가 어예 사노? 어? 저래가 어예 사노?"

하하, 우리 엄마는 영화 속의 영상이 실제상황이라고 생각한 거였다.

"엄마, 저거는 진짜가 아니고 만든 거다."

라고 말해 주지만, 엄마는 영 감이 안 오나 보다.


우리 엄마. 계산해 보니 지금 내 나이쯤에 나를 낳으셨나 보다. 내 나이만큼 엄마의 삶을 가만 돌아보면 당신이야말로 어떻게 살아왔나 싶다.

엄마의 직업은 회장사. 어시장 한켠에서 생선회를 파신다. 30년은 홀쩍 넘기신 것 같다. 명절은 여름과 함께 대목이라 더 바쁘시다. 지금은 내가 한몫 거들어 수월하지만 그래도 엄마는 전날 저녁과 이른 아침, 제사 음식을 준비하고 차례를 지낸 후, 출근(!)하느라 집안에서 제일 어른이지만 제일 고단한 사람이 된다.

하긴, 비단 명절뿐이랴? 내가 태어나서 주욱 살아온 시간 속에서 우리 집안에서 제일 고단한 삶을 살았던 사람은 엄마가 아니었을까 싶다.

나에게 술 드시는 아버지가 있었다면 엄마에겐 술 마시는 남편이 있었던 거다. 유교적이고 보수적이며 그래서 엄격하고 고리타분하게 느껴졌던 아버지는 평상시엔 소위 '점잖은 사람' 이지만 기분이 좋든, 나쁘든 술을 드시면 당신의 온갖 욕구불만을 식구들에게 다 화풀이를 해대셨다.

농사꾼이었던 아버지는 도시로 와서 시장통의 수레짐꾼이 되었고, 양반 자손이란 알량한 자부심에 남에게 굽실거리는 당신의 삶 자체가 무척 자존심 상하셨나 보다. 아버지의 늦게 배운 술버릇은 참 고약했다. 아버지에게 나는 저 맨 끄트머리 쬐그만 막내 자식일 뿐이지만, 엄마는 언제나 만만한 상대가 되어 아버지의 샌드백이 되어야 했다.

아버지가 술 취해 집에 오면, 그 상황을 모면하기 위해 나는 길거리를 배회하거나 다락으로 숨어 들어가 없는 척을 한다. 아버지의 시선에 걸리면 갖은 술주정을 받아내야 했으므로.

어느 날 나는 다락으로 올라가 숨죽이며 두 사람의 말싸움 아닌 말싸움을 듣고 있는데, 갑자기 짐승소리 같은 외마디 비명소리가 공기 속을 휙 가르듯 내 귀에 들려왔다. 그리고 1, 2초 후, 엄마가 작은 새처럼 흐

느끼며 우는 소리가 들렸다. 아버지가 유리 재떨이를 엄마 머리로 던진 거였다.

그 순간, 아버지에 대한 분노로 온몸이 덜덜 떨리면서도 나는 감히 다락방 밖으로 나가질 못했다. 다락방 밖의 광경은 어린 나로서는 공포 그 자체였는지도 모른다. 지금도 그 순간을 떠올리면 뼈에 칼날이 스치듯 애처로워 도리질을 치게 된다. 아마도 그 순간이 내 생애를 통틀어 가장 분노에 찬 순간이었으며 어쩌면 또 제일 비겁한 순간이기도 하고 가장 지워버리고 싶은 기억이기도 하다.

그렇게 머리를 다친 엄마는 며칠 동안 몸져누웠고, 서러움에 받쳐 눈이 퉁퉁 붓도록 울고 또 울었다. 부은 눈이 가라앉을 즈음, 엄마의 눈가에는 전에 없던 주름이 깊게 패였다. 사실 이 사건은 내가 제일 애처로워하는 한 기억일 뿐, 엄마의 고생은 이루 다 말할 수 없을 정도다. 그 세월을 어찌 몇 마디 말로 설명이 될까.

삼일이 멀다 하고 술 취해 들어오는 아버지를 온몸으로 맞서 진정시키는 건 늘 엄마의 몫이었고, 그러면서 휴일도 없이 장사하러 나가고…. 다 장성한 아들에게서 '왜 남편을 컨트롤 못해서 집안이 이 지경이 되도록 하느냐'는 원망도 고스란히 받아내야 했다.

아주 먼 기억으로 아버지가 막 술을 배우고 집안에 풍파를 일으킬 때 즈음, 보따리를 싸 달아나려는 엄마를 붙잡고 매달려 울던 기억이 있다. 7남매를 두고, 유교적인 마인드로 무장된 엄마로서는 도저히 그 길을 택할 수 없었을 거다.

지금까지 아버지에 대한 피해의식으로 똘똘 뭉쳐 있던 내가
엄마를 생각하니 그 피해의식으로부터 한 단계 벗어나는 걸 느낀다.
그리고 엄마의 지난한 삶이 그냥 미안해진다.

동네에서 존경받던 외할아버지는 이 동네 처녀, 저 동네 총각 잘도 중매 섰다고 하던데 정작 당신 딸은 어째서 이런 험한 사람하고 짝을 지어 줬는지 내 존재를 부정하면서까지 외할아버지를 원망하기도 했다.

아버지가 돌아가셨을 때, 모든 사람이 곡을 멈추고 마지막으로 엄마는 아버지의 영전에 홀로 땅을 치며 대성통곡을 했다. 큰언니는 그 모습을 보며, 아버지의 죽음이 애통해서가 아니라 엄마 당신의 삶이 애달파 내뿜는 통곡이라 했다. 우리 형제는 이구동성으로 이렇게 말한다. 엄마가 아니었다면 진즉에 콩가루 집안이 됐을 거라고….

어렸을 때는 우리 엄마가 좀 센스 있고 똑똑했으면 하기도 했다. 하지만 착하고 순박하며 신심 깊고 정성스러운 엄마가 아니었다면, 꽤 많은 퍼센티지로 부족했다고 느끼는 나의 유년 시절이 상상할 수 없는 마이너스의 길로 접어들었을지도 모른다.

여태까지 아버지에 대한 피해의식으로 똘똘 뭉쳐 있던 내가, 엄마를 생각하니 그 피해의식으로부터 한 단계 벗어나는 걸 느낀다.

그리고 엄마의 지난한 삶이 그냥 미안해진다. 이 나이가 되도록 엄마의 삶을 보상할 만한, 하긴 뭘로 보상이 될까마는, 실질적인 효도를 못해서란 직접적인 이유도 있지만, 그보다는 우리 엄마가 우리 엄마이기 때문일 거다. 동시에 모든 고통 받는 이들에 대한 어느새 성숙된 나의 연민 때문이기도 하다.

불쑥불쑥 이 세상 통틀어 내가 제일 불행하다 느꼈던 그 시절이 실은 엄마가 있음으로 해서 그나마 안락하고 행복했음을, 온몸으로 당신의 최선을 다해 우리 가족의 지킴이, 안식처가 되어 준 '우리 엄마'야말로 내 인생의 귀인이시다.

이번 명절에도 어김없이 TV에선 할리우드 액션 블록버스터 무비가 방영되겠지. 영화 상영되기 전, 그동안 갈고 닦은 활공 솜씨로 엄마에게 한바탕 풀 서비스를 한 후, 엄마와 난 나란히 TV 앞에 앉아 느긋하게 TV를 볼 것이다. 그러면서 클라이맥스 장면에서 이구동성으로 이러고 있을 것 같다.

"저래가 어예 사노? 어? 저래가 어예 사노?"^^

---

'어머니'는 모두에게 안식처인 것 같습니다. 저도 어머니를 생각하며 얼마나 울었는지 모릅니다. 소중한 가족 이야기를 들려주셔서 감사합니다.

인간에 있어 제일 크게 다가오는 인연이 아닌가 싶네요. 그 깊이는 말할 수 없을 것입니다.

"엄마~~~" 아마도 이 우주에서 가장 강력한 존재일 것입니다. 우리도 우주의 엄마처럼 살아봅시다! 넘 과한 꿈인가?^^

수정님 글을 읽고 있으니 역경 속에서 꿋꿋하게 일어나, 눈물을 훔치면서도 한껏 눈웃음치며 '씨익' 웃어 보이는 만화 속 주인공의 얼굴이 떠오릅니다. 우리 삶 자체가 그런 것 같아요. 슬픔 속의 기쁨, 고통 속의 웃음, 절망 속의 희망, 미움 뒤의 사랑! 이런 것들이 한데 뒤섞여 보여주는 아름다움이야말로 왠지 모를 뭉클함으로 우리의 깊은 마음을 울려줍니다. 수정님의 감성은 그런 삶이 안겨준 선물인 것 같군요.

지은이 **민수정** 1973년생 | 웹프로그래머

7남매 중 막내입니다. 중학교 때까지는 겉으로는 공부 잘하는 모범생이었으나, 마음과 정신은 그다지 건강하지 못했습니다. 성장기에 크게 힘들었던 두가지 부분이, 술 드시는 아버지로 인한 가정불화와 끊임없이 드는 자기혐오였습니다. 자기혐오에서 '나는 누구인가?' 란 물음을 품게 되고 깨달음에까지 관심을 가지게 됐습니다.

고등학교 때는 미래에 내가 무엇이 될지 불안에 떨며 아웃사이더처럼 보냈습니다. 혼자 돌아다니며 정신세계사 책을 탐독했습니다. 20, 30대엔 나 자신이 세상과 동떨어진 느낌으로 살아가다 한 권의 책을 통해 명상을 만났습니다.

명상을 하면서 내가 몰랐던 '나' 를 알게 되고, 나에게 일어났던 일들을 이해하기 시작했습니다. 내가 방황하고 힘들었던 만큼 다른 사람들의 삶과 아픔도 이해하기 시작했습니다.

여전히 불안한 영혼이지만 예전처럼 미래가 새까맣게 느껴지진 않습니다. 명상을 통해 얻은 나와 내 삶에 대한 이해가 등불 같은 역할을 해 주니까요. 오늘도 한 손엔 등불 밝히고 한 걸음, 한 걸음 밤길을 걷듯 한 숨, 한 숨, 숨을 쉽니다.^^

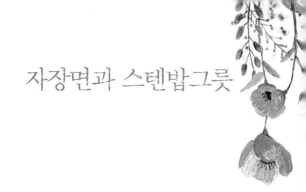

# 자장면과 스텐밥그릇

"날이 어두워지기 전에 어서 가자, 헥헥."

가정방문 네 번째 날입니다. 유난히 어려운 가정의 아이들이 많았던 첫 발령지. 학기 초인 이맘때, 예나 지금이나 불거지는 촌지문제는 딴 나라 이야기일 뿐인 이 학교의 특수사정을 고려해, 교장선생님께서는 전 교사에게 1주일간의 시간을 주고 가정방문을 지시했습니다.

동네별로 하루에 열 두서너 명의 집을 방문하고 있는데, 오늘은 유독 더욱 가슴 짜~안한 가정이 많았습니다.

공동화장실과 공동세면장을 사용하는 지선이네 집은 쪽방이었습니다. 문을 열고 들어가자 바로 부엌일지도 모를 한 발자국의 공간을 지나 방으로 안내되어 들어갔습니다.

"아, 아버님이 계셨군요."

지선이는 아빠와 동생들과 살고 있었습니다.

"어휴, 이 누추한 곳까지…"

대부분의 부모님의 첫마디에 손사래를 쳤고, 자기 집 가기를 기다리는 아이들도 따라서 우루루 들어가 죄송한 마음으로 앉았습니다.

"지선아, 가서 콜라 좀 사와라."

"네, 아부지."

신나라~ 하고 동네가게로 심부름을 가는 지선이는 팔랑팔랑 뛰어나갑니다. 요즘과 달리 소풍 때나 먹어볼 수 있는 콜라 두 병을 사온 지선이는 함께 들고 온 스텐밥공기에 사람 수대로 콜라를 쪼르르 따릅니다.

친구들, 동생, 선생님, 아빠, 지선이 것까지 알뜰하게. 그리고 사과도 두 개를 가져와 깎더니, 젓가락에 턱턱 꽂아서 하나씩 돌리고는 즐겁게 재잘거리며 먹기 시작합니다.

"냠냠"

구김 없이 활짝 웃으며 맛나게 사과와 콜라를 먹는 지선이는 선생님이 오신 것이 마냥 설레고 즐거운 모양입니다. 콜라가 아닌 톡톡 쏘는 사이다 같은 지선이네 풍경은 빛이 들어오지 않는 방 안과는 달리 내 마음속에 연두색 빛깔로 자리 잡았습니다.

선생님이 집에 오신다고 그 귀한 딸기를 사다 내놓은 미선 어머니의 딸기 빛깔의 문간방.

다락방에 숨겨 놓은, 장애를 가진 영희 오빠. 동생의 선생님이 오시니 꼭꼭 숨어 있으라는 다락방에서 호기심을 누르지 못하고 달그락거리는 소리에,

"이리 내려와."

하고 보니 학교에 다니지 않는 오빠였습니다.

"장애아들이 다니는 학교가 있으니 보내세요."

영희 엄마와 나누는 소리에 함박웃음으로 해맑게 쳐다보는 영희 오빠와 그런 선생님의 모습에 마음을 놓은 영희의 발그레한 볼. 이러저러한 아픈 그림인데 회색이 아닙니다.

물이 뚝뚝 떨어지는 형형색색의 조각보 같은 그림들을 지나서 마지막으로 들른 선숙이네 집.

부끄러워하기는커녕 선생님이 자기 집에 간다는 사실에 콩콩 뛰며 즐거워하는 아이들을 줄줄이 데리고 다니다가, 저녁밥을 지을 무렵에 선숙이와 둘이서 대문을 열고 들어갔습니다.

'아, 드디어 오늘의 마지막 집이구나.'

"안녕하세요? 선숙이 어머님."

"아이구, 선생님 어서 오세요. 그렇잖아도 오늘 선생님 오신다고 해서 종일 기다렸지요. 지가 시장에서 좌판으로 행상을 하는데 이리 늦게 오시는 줄 몰랐어요."

하며 웃으며 맞으시는데 원망의 얼굴빛이 아니었습니다.

"어머나, 죄송해서 어쩌죠? 저는 선숙이 어머님께서 일 나가지 않으시고 기다리시는 줄 몰랐습니다. 그냥 선숙이가 어떻게 공부하고 지내나 보고 가기만 해도 되는데…."

이런 사정을 몰랐지만, 너무나 죄송한 마음에 몸 둘 바를 몰랐습니다.

몇 마디를 나누고 집을 나서려는 순간 선숙이 어머님은,

콜라가 아닌 톡톡 쏘는 사이다 같은 지선이네 풍경은
빛이 들어오지 않는 방 안과는 달리
내 마음속에 연두색 빛깔로 자리 잡았습니다.

"선생님, 지 성의니까 이거 받으시구 자장면 사 잡수세요."

"어? 아닙니다. 저는 받을 수 없습니다."

하고 시작된 실랑이. 선숙 어머님은 돈을 받지 않으면 무시당한다고 생각하셨는지, 제 옷에 마구 쑤셔 넣으시며 해맑게 웃으십니다.

'아, 5,000원.'

그것은 그 어머니의 하루 일당이었습니다. 제가 어찌 감히 그 피 같은 돈을 받을 수 있겠습니까. 저를 기다리느라 하루 일을 못했는데….

촌지에 알레르기가 있던 저는, 그럼에도 불구하고 너무나 미안하면서도 대책 없이 받을 수밖에 없었습니다. 그 함지박만 한 웃음과 함께, 그 엄청난 돈 이상의 그 무엇을 박절하게 뿌리칠 수 있는 힘이 없었습니다.

그것은… 자장면이 500원이던 시절, 열 그릇은 족히 더 먹을 수 있었던 꼬깃꼬깃한 큰돈은, 저에게 해줄 수 있는 최상의 마음을 쑤셔 넣어주신 선숙 어머니로부터 받은 그 무엇은, 아이들과 그들의 부모님들이 젊디젊은 담임선생님한테 내어주신 마음에 죄송한 마음과 더불어, 1980년대 서울 달동네에서 나의 교사라는 직업의 시작을 알리는 선명한 저녁노을 빛깔로 가슴에 자리 잡게 되었습니다.

모두가 어렵던 시절, 자신이 가진 것 중에서 가장 잘해줄 수 있는 것과 웃음으로, 부족한 담임선생님을 따뜻이 맞이해 주던 학부모님들과 아이들을 잊을 수가 없습니다.

그들을 잠시나마 불편하게 했을 그 순간이 마음에 남는 것은, 그 당시 표현하지 못한 미안한 마음 때문이 아닌가 생각해 봅니다.

🙂 저도 같이 짠~~ 해져옵니다. 선생님이라는 직업은 참 소중한 경험을 많이 할 수 있는 것 같습니다. 따뜻한 아이들과 그 부모님들의 마음이 느껴집니다.

🍌 저도 학기 초에 가정방문 다닌 적이 있습니다. 우리반 명희 어머니는 시력을 잃었는데, 내 내게 손을 붙잡고 놓지를 않았습니다. 그 다음날 명희는 참기름 한 병을 가져왔습니다. 엄마가 보낸 것이라며. 먼 옛날 가슴 짠했던 일이 떠오르네요.^^

🙂 소풍 갈 때나 먹었던 애플사이다가 생각나네요. 자장면은 정말 맛있는 요리였고요. 선생님이 가정방문 오면은 저는 슬며시 도망갔던 생각이 나네요. 왠지 집을 찾아오는 게 쑥스럽더라고요. 달동네의 애환과 추억이 담긴 아름다운 이야기네요.

🙂 그 시절~ 모두가 어려웠을 '그때'에 인간에 대한 신뢰와 예의를 가질 수 있었던 것인데, 오히려 물질이 넘쳐나고 빈부의 차가 격심해진 지금, 서로에 대한 사랑과 배려가 사라지고 있는 것을 보면, 아마도 물질은 우리들에게서 인간미를 빼앗아 가나 봅니다. 그때가 그립습니다.^^;

🙂 좋은 선생님이셨네요. 아이들의 마음속에서 잊히지 않으시겠습니다. 따뜻한 불꽃으로 말이지요.

지은이 조정신 1958년생 | 중학교 미술교사

"선생님은 견적이 너무 많이 나와요."
20여 년 전, 한 학생이 내게 해준 이 말에 씩씩대다가 '어떻게 하면 견적이
덜 나올 수 있을까'를 생각하며 살았습니다.
처음에는 나의 외모에 대해서만 생각했으나, 말투, 옷차림, 태도 그리고 생
각으로까지 발전했습니다.
품격이 있는 말투인지, 품위 있는 태도를 지니고 있는지, 바른 생각을 하는
지 점검하며 견적이 많이 나온다는 말을 듣지 않도록 노력했습니다.
오늘도 나의 모든 태도에서 '견적'을 줄여나가고자 노력하며, 이 맑고 화창
한 날에 너와 나의 마음이 새털처럼 가벼워지기를 빌어봅니다.
얘들아~ 보고 싶다~ 모두들 어디에 있니?

# 아스팔트 키드

난 자연과 별로 친할 인연이 없었다. 서울 한복판에서 태어나 서울에서만 자라서 그런가? 전형적인 '아스팔트 키드Asphalt Kid'.

여름에 가족 휴가 때 가게 되는 시골은 왜 그렇게 짜증스럽던지. 쨍쨍 내리쬐어서 눈조차 잘 안 떠지는 부담스러운 태양, 응가 냄새에 가까운 촌티 나는 냄새가 바람에 실려 올 때, 아~ 가고 싶다 편안한 내 방, 우리의 서울.

소풍 때 밟게 되는 땅은 왜 그렇게 질펀하면서도 먼지가 풀풀 날리는지. 길을 왜 전부 아스팔트로 안 덮는 거야, 흙 묻고 귀찮게시리.

대학 새내기 때 처음으로 농촌 봉사활동을 갔었다. 매일 밤 모두 한 방에 모여 그날의 활동을 점검하는 회의를 했다. 한여름인지라 열어놓은 방문으로 불빛을 보고 날아 들어오는 시커먼 나방들. 잔치 열린 듯이 날아 들어와 우리들 사이에서 광란에 가까운 비행을 하는 나방들.

그런데 모두 전혀 개의치 않고 가만히 앉아서 회의에만 열중하는 선배와 동기들이 아닌가. 그 지저분하고 불쾌한, 날아다니면서 뭔가 가루를 뿌려대는 나방 떼를 참을 수 없었던 나. 들고 있던 책자를 난투에 가깝게 마구 휘둘렀다. 나방의 전횡에 시달리는 동아리 회원을 구하려는 잔 다르크처럼!

나중에 어느 동기가 쓴 글에서, 얌전한 줄 알았는데 나방을 마구 죽이는 모습에서 잔혹한 면을 보았다며, 그래서 사귀고 싶은 마음이 쏙 들어갔단다. 이런 미.개.한. 촌.스.러.운.


그랬던 내가 나이 들면서 변했나보다.

오늘같이 봄 햇살이 포근한 날이면 매일 하루가 다르게 나무의 순이 올라오고 초록이 짙어지는 것을 숨죽이며 바라본다. 길가에 돋아나는, 아스팔트의 갈라진 틈새로 삐죽이 올라온 이름 모를 풀이 얼마나 장하디장하게 여겨지는지. 그 딱딱한 아스팔트 틈새를 이리저리 찾아 올라온 강인한 생명력이 인간보다 낫다.

얼마 전에는 땅 속의 개미들이 땅 위로 구멍을 뚫고 올라와 쌓아놓은 흙이 얼마나 예쁜 동그라미 언덕을 이루는지를, 끊임없이 기어가는 개미의 끈기를 감탄하며 바라보았다.

무엇이 나를 변하게 했을까?

인간이 만물의 영장이라고 배웠다. 나는 잘난 만물의 영장 인간이고, 자연은 못난 상대이다. 비, 바람과 동식물은 인간을 위하여 존재하는 대상이고, 자연은 아무것도 아닌 개와 고양이, 풀과 나무 등일 뿐이니 이런 자연을 깊이 생각한다는 것은 쓸데없는 일이다.

집안에 들여다 놓은 화분은 집을 더 근사하게 보이게 하기 위한 수단이었을 뿐, 때맞춰 물을 주지 않아 말라죽기가 예사였기에 아무 미련 없이 쓰레기통으로 들어간다. '왜 이렇게 우리 집은 화분이 안 되지? 내가 호랑이 띠여서 그런가?' 불평하면서 말이다.

무엇이 나를 변하게 했을까?

언젠가부터, 아마 내가 명상을 시작하게 되면서부터일 게다. 나에게만, 인간의 편의에만 맞춰있던 시야가 어느새 나도 모르는 사이에 넓어지게 되면서, 전에는 안 보이고 전에는 안 들리던 것들이 느껴진다. 그들의 숨결이, 마음이.

화분 속의 생명은 목이 마르면 잎사귀를 오그리며 나에게 말을 건다는 것을. 한여름 풍채 좋은 뉴저지의 나무 이파리들은 바람에 흔들거리며 기분 좋음을 나타낸다는 것을. 어린 산새의 울음은 때로 애틋한 눈물을 나오게 한다는 것을. 잔디 사이로 솟은 풀들은 '잡초' 라는 이름으로 불려서는 안 되고 이 세상에 잡초는 없다는 것을.

신기하다. 왜 몰랐을까.

오늘도 화분에 물을 준다. 마른 흙 사이로 스며드는 물이 긴 가지를 타고 잎사귀까지 전해지는 소리를 듣는다. 그리고 그 생명의 기쁨이 내 마음에도 전달된다. 좋다.

어렸을 적 주둥이 옆 수염을 무수히 뜯겨서 괴로웠을 우리 강아지 바둑이, 나의 게으름으로 인해 생명을 반납당해야 했던 화분의 꽃들, 교만 오늘도 화분에 물을 준다.
마른 흙 사이로 스며드는 물이 긴 가지를 타고
잎사귀까지 전해지는 소리를 듣는다.
그리고 그 생명의 기쁨이 내 마음에도 전달된다.

과 무지로 인해 무시당했던 식물, 동물, 자연의 상처받은 마음에, 미안한 마음을 전한다. 그리고 감사하다. 그럼에도 그 자리에 있어 주어서.

인간은 너무 바쁘면 안 된다. 자신과 주변을 돌아볼 여유가 없으니까⋯. 이 세상의 생명체들과 교감할 시간이 없으니까⋯.

저도 너무 바빠 자신과 주변을 돌아볼 여유가 없음을 깨닫고 개선할 방법을 찾고 있는 중이랍니다. 좀 한가해져 식물도 키우고 느릿느릿 세상을 바라보고 싶다는 생각이 간절해지는 요즘이었거든요. 정말 사람은 너무 바쁘면 안 됩니다.

그렇네요. 조금만 눈을 돌리면 자연에, 만물에, 이렇게 감사해야 할 대상이 많음을 알게 되네요.

사무실에 있던 화분 두 개를 가져와 햇볕을 쪼여주고 있습니다. 내가 보며 즐기자고 그들을 형광등 아래에 있게 했더니 왠지 시들시들 말도 못하고 불쌍한~^^; 햇빛을 보며 좋아라 하는 그들의 숨결이, 마음이 느껴집니다.

주둥이 옆 수염을 무수히 뜯겨서 괴로웠을 우리 강아지 바둑이, 잘 키워내지 못하는 화분. 저와 비슷한 면이 많습니다.^^; 그들에게 저도 같이 미안한 마음을 전합니다.

언제나 있어주어 감사함을 모르던 어머니 대자연의 모습을 죄송스런 맘으로 돌아봅니다. 저도 그러고 보면 변했군요. 무엇이 나를 변하게 했을까? 지금 생각해 봅니다.^^

## 지은이 최희경 1962년생 | 현재 미국에서 한의사로 활동 중

어렸을 때부터 자신에 대한 자신감이 있었던 저는 일류를 지향하며 현대적인 취향의 삶을 살다가 뒤늦게 전혀 다른 코드인 한의학과 명상을 삶에 접목합니다.

불안하고 짜증이 많은 성격으로 늘 자신을 괴롭히며 살았는데, 명상을 통해 삶의 지평이 넓어지면서 마음이 느긋해지고 편안해져서, 소소한 일상의 경험에서 전에는 느껴보지 못했던 작지만 귀한 행복을 자주 느낍니다.

매일매일 사람과의 교감, 자연과의 교감, 하늘과의 교감을 통해 '아, 삶을 이렇게 살 수도 있는 거구나' 하며 삶의 영역을 넓혀가는 기쁨을 새록새록 알아가고 있는 것이지요.

이런 작은 것들이 진짜 삶의 기쁨이 아니겠는가 하면서 스스로 놀랍고, 오늘도 자신과 주변의 일들을 통해 배우며 살 수 있음이 감사할 따름입니다.^^

# 매일매일 나는
# 조금씩 치유된다

어린 나를 꼬~옥 안아주며 등을 쓸어준다.
충격에 놀라 있는 나에게
이젠 정말 괜찮다고 말해준다.
사실은 나를 사랑하고 있었다고…

# 비 선수권 대회

학교에서 아이들이 나한테 심하게 굴거나 따돌려도 난 항의 한 번, 눈물 한 번 흘리지 않았다. 왜냐하면 난 그래도 되는 아이였으니까….

나의 10대 시절을 생각하면 지금도 눈앞이 캄캄하다. 모아두었던 수면제를 차마 입에 털어 넣지 못하고 손으로 항상 만지작거리며 살았다. 마치 큰 원군이라도 되는 양.

여러 가지 이유로 항상 자신감 과다 결핍증이었던 나에겐 세상은 들여다볼수록 어지러운 곳이었다. 극심하게 부부싸움을 하면서도 같이 사시는 부모님을 비롯해, 아무도 모르게 나 하나쯤 쓱 없어져도 아무 이상 없이 잘 돌아갈 지구 위에서 아픈 세월을 꾸역꾸역 살아가는 사람들이, 또 나 자신이 도대체 이해가 되지 않았다.

'난 누구이고 왜 사는 걸까?'

그땐 나 자신이 역겹고 항상 어지러웠다. 실제로 그 시절 난 겉으론 평범해 보였지만 늘 배가 아프고 토하고 구역질을 해대며 인생 멀미를

심하게 했다. 지금도 없고 앞으로도 존재치 않을 내 딸은 굉장한 행운이다. 태어나지 않아 이런 우울증 유전자를 받지 않아도 되니….

그러다 명상으로 나 자신을 찾는 마음공부를 해가면서 알게 되었다. 깎아내어야 할 모진 구석이 있는 사람들에게 모진 가족이나, 친구, 배우자가 배치된다는 것을. 그것이 하늘의 '인생 연출 규칙'이라는 것도.

결국은 내 탓이다. 적어도 이유는 알게 되었다. 그래도 난 아직도 가끔은 내가 싫고, 슬프다. 여전히 몇 달에 한 번씩 사흘 밤낮을 연달아 운다. 별다른 큰 이유도 없이….


난 헤드헌팅 즉 인력관리 회사를 운영하는 한 후배를 알고 있다. 그는 무엇을 잘못했는지 기억도 잘 못하는 5살 때 친엄마가 욕조 물속에 머리를 처박아 물고문을 했다고 한다. 또 내가 아는 어느 중년 부인은 어릴 때부터 엄마한테 항상 매 맞는 것은 물론이요, 한창 예민한 사춘기 시절에 발가벗겨져서 종종 집 밖으로 내쫓겼다고 한다. 물론 친엄마다.

그리고 초등학교 선생인 어느 도반님의 글을 보니, 맡았었던 반에는 용변 실수를 한다고 새엄마한테 달군 쇠 젓가락으로 항문이 지져진 아이도 있었고, 친아버지가 프라이팬으로 손을 지진 아이도 있었다고 한다.

그들이 성장하고 성인이 되어 살아가면서 인간적으로 냉담해지지 않고, 성격이 포악해지지 않으며, 주눅 들거나 열등감이 심하지 않게 자라날 수 있을까?

아마 가능할 것이다. 하지만 평범하게 자란 사람들이 평범하게 되는 것보다, 얼마나 더 많은 에너지를 쓰고 죽기 살기로 노력해야 그들의 마음에 박힌 독기가 빠져나갈까? 거기에 한 단계 더 나아가 사람이 따뜻하고 온순하며 한없이 가볍게 되는 것은 과연 가능이나 한 것일까?

그 헤드헌팅 회사 사장님은 사회적으로는 그럭저럭 좋아 보이나 정서적으로 차고 냉담하다. 여자친구와의 관계는 항상 훈훈하지도 그리 길지도 못하다. 40이 다 된 나이에 혼자 살고 있다. 그 중년 부인은 항상 어려운 이들을 돕고 경제적으로, 사회적 지위도 부족함 없이 살고 있으나 어딘지 모르게 무거워 보인다. 그리고 몇 달에 한 번씩 술을 마신다. 일주일 연달아 밤과 낮으로….

그리고 보니 나뿐만 아니라 인생에는 예외 없이 누구나 져나가야 하고 덜어내며 살아가야 할 마음의 짐이 있다. 그 마음의 짐으로 인하여 희망과 꿈을 잃지는 말아야 할 텐데.

하지만 꿈도 앉을 자리를 보고 다리를 편다. 좁은 고아원 같은 곳에서 바글바글 단체로 자란 아이들은 월세일지라도 내 방 한 칸 갖는 것이 꿈이요, 폭탄이 떨어지고 시체가 앞마당을 굴러다니는 제 3세계 전쟁통에서 자라난 아이들은 20살이 될 때까지 살아남는 것이 오로지 꿈이다.

무언가 너무도 결핍되게 자란 사람들의 꿈은 '꿈'이라는 이름을 붙여주기에 미안할 정도로 너무도 작고 심하게 초라하다.

나도 언젠가부터 심한 우울증으로 단지 살아남는 것에 급급한, 초라한 내 꿈에 미안해지기 시작했고, 꽃답지 못했던 10대, 20대, 내 청춘에게 너무너무 미안하다.

전남 고흥에 있는 명상학교 교정엔 커다란 목련나무가 있는데 꽃망울이 별만큼이나 달렸다. 잇따른 비에, 푸근해진 날씨에 3월 초부터 망울에 물이 오르고 껍질이 터지기 시작했는데 당최 꽃이 올라오질 않는다.

꽃샘바람은 불고 아직은 살얼음이 간혹 방문하는 밤기온 때문에 꽃들이 낑낑거리고 갖은 애를 쓰고 있는 것이 보인다. 매일 바라보고 있자니 나도 모르게 같이 힘이 써질 정도로 꽃 예정자들은 안간힘을 쓴다.

그러다 문득 그 꽃들이 발레리나 강수진의 그 유명한, 굳은살 잔뜩 박힌 발사진과 겹쳐 보였다. 우린 이 지구상에서 유난히 볼거리를 제공하거나 귀감이 될 만한 사람들을 선수라고 칭한다.

산 타는 데 선수인 엄홍길, 춤추는 데 선수인 강수진, 진싱 선수. 그 외에도 사람들의 찬사와 사랑을 한 몸에 받는 선수와 스타들…. 그들이 힘써 쏟은 에너지와 노력들은 가히 찬사와 박수를 받을 만하다.

그런데 오늘 그 유명한 발레리나의 울퉁불퉁한 발이 힘겹게 꽃피우는 꽃들과 내 마음과 그 중년 부인과 그 회사 사장님과 그 아이들의 피 나다가 멍들고 곪다가 굳은 울퉁불퉁한 가슴들과 겹쳐 보이기 시작했다.

그 피 자줏빛 상처진 마음들을 녹여내며 '삶' 이라는 꽃을 피워가는 이름 없는 그들이, 과연 그 유명한 선수들보다 에너지가 덜 들고 덜 노력하고 사는 걸까?

'삶' 이라는 자기 자신과의 진정한 경기는 대부분 시상대와 무대 밖에서 이루어진다. 각종 세계 선수권 밖의 선수들이라 그 경기는 이름 하여 '비 선수권 대회' 같다는 생각이 들었다.

가난해서 돈이 절실하고 못 배워서 한이 되었으며, 사랑을 못 받아 가슴이 황폐하고 건강이 허락지 않아 몸이 괴로우며, 학대 받아 삐뚤어지고 무능해서 기를 펴지 못하는, 그러면서도 희망의 끈을 놓지 않고 있는 이름 없는 이들 모두가 이 대회의 대표선수들이다.

이 경기에 출전한 선수들은 능란하고 능숙해 보이는 선수들은 하나도 없으며, 출전 경험이 있는 선수도 한 명 없다. 진짜 경기인 '비 선수권 대회'엔 당연히 박수와 찬사도 많이 드물다.

그동안 나 자신을 비롯한 이 대회의 이름 없는 스타 선수들에게 격려의 박수와 위로의 꽃다발을 한 번도 준 적이 없음이 참으로, 정말로 미안해진다.

이제는 목련 꽃 선수들이 활짝 핀 어느 봄날,

비 선수권 대회 선수들을 대표하여 나 자신에게 박수갈채와 격려문을 보낸다.

# 격 려 장

## 비 선수권 대회 선수 이 영 아

이 선수는 극심한 우울증 속에서도 아직 죽지 않고
살아있으며 심지어는 그로 인해 수많은 사람들의
아픔을 이해하기 시작했으므로 이에 격려장을 수여함.

### 2009년 3월 ○ ○ 일

비 선수권 대회 총감독 조물주 대독
개최지: 지구      후원: 보이지 않는 많은 분들

부상으로는 긴 시간 진통 끝에 결단코 피워 올린
목련 꽃 선수들을 맘대로 볼 수 있는 권한을 수여함.

기립 박수

짝짝짝 짝짝짝 짝짝짝 짝짝짝 짝짝짝!!!!!

브라보! 브라비시모! 예보! 올레! 올라랄! 따봉!!!!!

짝짝짝 짝짝짝짝 짝짝짝짝 짝짝짝짝짝짝짝짝~~~~~~~~~~~~

저의 삶이 아픔으로 견고하게 여물기를 희망합니다.

PS. 이것도 미안하다네….

크게 미인은 아니나 조물주님의 정성으로 빚어나온 줄 내 미처 깨닫지 못하여 외모마저도 예쁘고 귀한 줄 20, 30대에는 정말로 몰랐더라.

내 머리 허예지고 지방질 가슴에서 아랫배로 이동한 불혹의 나이에 이 사실 알았으니, 귀한 줄도 모르고 피기도 전에 시든 나의 외모에게도 미안하기 그지없네.

세상 여자들아, 세상거울 보지 말고 하늘거울 쳐다보세.

조물주님 눈동자엔 송혜교와 한 가질세. ㅋㅋㅋ~~~~~

꽃 피우려고 끙끙대며 애쓰고 있는 목련이 이영아님이네요. 화려하게 꽃피워, 다른 사람의 상처까지 어루만지는 선수가 되시기를 바랍니다.

선수권과 비 선수권의 차이는 무엇일까요? 누가 이름을 붙이는가에 따라 달라지는 것 아닐까요?^^ 영아님을 비롯한 우리 비 선수권 대회 출전 선수들에게 모두 기립 박수를 보냅니다. 짝짝짝!!!

말하지 않아서 그렇지 누구에게나 삶의 고통과 아픔이 있는 것 같습니다. 이영아님을 따라 저에게도 격려장 하나 주어야겠습니다.

아픔을 겪으면서 다른 이들의 아픔을 이해할 수 있게 되나 봅니다. 저는 그런 과거의 기억들이 이젠 감사로 남아있네요. 고되고 외로운 삶을 살아오신 이영아님에게 격려의 박수 전합니다. 짝짝짝짝짝!!!!!

이 글을 읽으니 저는 참 복 받으며 살았다는 생각이 듭니다. 투정부리고 떼쓰면서 살아온 게 너무나도 부끄러워지네요. 비 선수권 대회에서 수고하고 노력하는 모든 분께 감사와 축하의 박수를 보냅니다.

지은이 이영아 (필명 은휘) 1969년생 | 무규칙 퓨전 예술가

어느 날 TV에서 선수들이 환상의 플레이를 하는 경기장 안을 보여주는 것이 아니라, 경기를 관전하거나 경기가 진행되도록 일하는 사람들의 모습을 비춰주는 것이었습니다.

갑자기 눈이 확 밝아지는 느낌이 나면서 진짜 '리얼 인생경기'는 하얀 석회로 그어진 사각의 경기장도, 게임 룰도, 심판도 없이 경기장 밖에서 이루어진다는 생각이 들었습니다.

체급 구별도 없이 헤비급 부모가 초 경량급 아이를 때리기도 죽이기도 하고, 길 가던 사람에게 이유도 모르고 화풀이를 당하는 '무제한급 무규칙 리얼 인생경기'가 사각링 안의 이종격투기보다 훨씬 위험하다는 생각이 들면서, '굳이 이 위험하고 정답도 모호한 지구에 난 왜 태어나 이토록 심하게 우울증을 겪으며 살고 있을까?' 항상 궁금했습니다.

명상학교에 입학해서 나 자신에게 집중하는 시간이 늘어나면서 이 지구는 각자의 취약점을 훈련하도록 각가지 장애물들과 지뢰를 정교하게 설치해 놓은 유격 훈련장임을 알게 되었으며, 이런 장애물들을 뛰어넘어 내 영혼의 격을 상승시킬 수 있는 능력들도 내 안에 기본 장착되어 있다는 것도 알게 되었습니다.

이런 장애물을 잘 넘도록 넘치도록 많은 힌트와 수호천사의 치어리딩 깜작 이벤트도 함께 한다는 사실도요.

특히 마음고생을 심히 한 영혼들은 인간 세계의 다사다난함을 알고, 가슴이 아픈 많은 사람들과 진심으로 공감할 수 있게끔 특별한(?) 장애물로 귀한 경험을 하게 한다는 것도 알게 되었습니다. '아픔'은 사용하기에 따라 결국은

'경험' 과 '힘' 이 됩니다.

마음고생이 심했던 이번 생은 1969년 한국 서울에서 출생했습니다.
삼, 사 년 전까지 나라의 녹을 먹는 양음악 담당 관현악 전담 궁중악사였고
무심하게 아이들을 사랑한 음악 선생님이기도 했습니다.
숨 쉬는 명상학교 학생으로 있으면서 나 자신에 대해 많은 것을 알게 되었
고, 앞으론 이전의 삶보다 훨씬 보람 있는 예술적인 일들을 신나게 하면서
살아갈 예정입니다.
미국과 부산, 남아공에 거주한 적이 있으며 현재는 아프신 아버지와 함께 엄
마와 강아지 아롱이 그리고 나 이렇게 네 식구 함께 서울에서 살고 있습니다.

# 어린 시절의 나에게

요즘 들어 아침명상 중에 자꾸만 떠오르는 영상이 있다. 일곱 살짜리 여자애다. 다음 날도 또 다음 날에도 같은 느낌이다. 애틋함이 가득하다.

지금까지 살아오면서 잘 느끼지 못했던 감정들이 들썩거리며 튀어나온다. 나를 지켜 주시는 분. 말하지 않아도 벌써 어루만져 주시는 걸까. 집으로 돌아가는 차 안에서도 자꾸만 뜨거운 눈물이 흘러내려 애를 먹었다.

동생들과 내가 부모님과 헤어지던 해에 난 일곱 살이었다. 둘째는 3살, 셋째는 채 몇 개월도 안 되었었지. 그러고 보니 딸부잣집이다.

우리들도 어렸었지만 엄마, 아빠도 어렸었던 것 같다. 엄만 나랑 호적 상엔 17살 차이라고 되어 있었으니까. 어느 날 엄만 몇 개의 가방을 챙기며 아빠를 따라가라고 했다. 난 엄마랑 가겠다고 했지만 엄마는 더 이상 돌아보지 않고 외가로 가버렸고, 아빤 술에 취한 상태에서 '잠깐 나갔다 오마' 하시고는 돌아오지 않으셨다.

난 셋째를 업고 둘째 손을 잡고 할머니 댁엘 찾아 갔다. 문이 잠겨 있었다. 이후로는 집안싸움에 우리들은 친가로 갔다 외가로 갔다 하며 불안정한 상태가 계속되었다.

일곱 살의 난 어떤 마음이었을까?

아마 나를 챙길 경황이라고는 눈곱만큼도 없었겠지. 본능적으로 동생들을 챙겨야 하고 뿌리 내릴 곳도 없었으니 내 감정, 내 마음 따윈 생각조차 할 수 없었을 테고, 예민했던 나는 더 예민해지고 긴장 상태가 유지되었을 테지.

나 자신도 알아차리지 못할 정도로 괜찮아져야만, 아무렇지 않아야만 한다고 생각했는지도 모른다.

'난 놀라지 않았어. 난 괜찮아, 괜찮아.'

이후엔 우리는 일 년 정도 친척집에 머물다 시설에 맡겨졌다. 그 와중에 셋째는 너무 어려서 우리의 의지와는 상관없이 입양이 결정되었다. 내가 조금 더 자라 8살밖에 되지 않았을 때….

어려서 난 영리하다는 소리를 잘 들었고 기억들을 아주 잘 했었다. 하지만 이런 기억들은 잘 나질 않는다. 나는 울보다. 무슨 말만 해도 운다고 할 만큼. 그렇지만 그때의 일로 울어본 기억은 없다.

살아오면서 난 바깥을 향해 있으면서 남들을 의식하는 경우가 많았고 남의 일을 해결해 주지 못해 안달한 사람처럼 지내온 것 같다. 늘 나를 바쁘고 경황이 없게 만들면서 말이다. 내 것을 챙기는 데에는 익숙지 못하고. 무슨 일을 할 때나 어떤 상황에 놓여있을 때 늘 뿌리가 없는 듯 느꺼지곤 했다. 내가 뿌리를 내리지 않았는지도 모르겠지만….

명상을 하면서 나도 모르게 나를 싸고 있던 껍질들이 녹아내리면서, 웅크리고 있는 내가 느껴지나 보다. 건드리고 싶지 않아서 생각도 나지 않았던 어린 나의 모습…. 많이 안쓰럽다.

이제는 한 아이의 엄마가 되어 내 아이보다 더 어린 그때의 나를, 불안하고 놀라서 어쩔 줄 몰라 했을 나를 느껴본다. 한 번쯤은 그 시절의 나를 어루만져 주어야 하나보다.

어린 나를 꼬~옥 안아주며 등을 쓸어준다. 충격에 놀라 경직되어 있는 나에게 이젠 정말 괜찮다고 말해준다. 사실은 나를 사랑하고 있었다고. 정말이지 내세울 것도 없고 가진 것 없고, 거기다 예쁘지도 않지만 나를 좋아하고 있었다고.

가끔 나는 사막에서도 살 수 있다고 큰 소리 뻥 친다. 정말 그럴 수 있을 것 같아서이다. 하지만, 어려서의 충격으로 인한 후유증이 아닐까 싶기도 하다.

가끔은 이런 상상도 해본다. 성격이 무지 급한 나는 '어떤 조건이라도 괜찮으니 앞뒤 재지 않고 빨리 태어나게만 해달라고 떼를 써서 태어난 것이 아닐까? 아니면 뭔지는 모르지만 '갚아야 할 부분'이 있어 어려서 부모님과 헤어져야만 하는 생을 부여받은 것은 아닐까? 하는 상상을 해본다.

지나온 세월들이야 어찌 되었든 아쉬움이 있는 건 당연한 일이지만,

이제는 한 아이의 엄마가 되어 그때의 나를,
불안하고 놀라서 어쩔 줄 몰라 했을 나를 느껴본다.
한 번쯤은 그 시절의 나를 어루만져 주어야 하나보다.

이번 생에 나의 몫에 대해 불만이나 원망은 없었던 것 같다. 기억나진 않지만 있어도 아마 크진 않았던 것 같다.

나름의 상처를 가지고는 있겠지만 막내도 세상적으론 잘 자란 것 같다. 둘째도 자신의 위치에서 최선을 다하고 있고, 늘 마음이 앞서가 있어 미리 에너지를 소비해버리는 나도 나름 애를 쓰며 노력 중이다.


어려서부터 종교생활을 충실히 해왔던 나는, 자신보다는 남을 위해 자신을 희생하는 것이 더 큰 덕목이라고 여기고 있던 터라 처음 명상에 들었을 때, 자신이 얼마나 소중한 존재이며 우선은 자신을 사랑해주어야 한다는 말씀이 와 닿지도 이해도 되질 않았다.

그때까지 성경에 나오는 마리아와 마르타 이야기도 잘 이해가 되지 않았다. 일상에서 늘 마르타와 같은 행동을 해오던 나였었기에 더욱 그랬다. 이제는 마리아가 칭찬을 받은 이유를 서서히 이해하게 되었다.

'자신을 사랑하면 하늘도 그 자신을 사랑해 주신다' 는 말씀처럼 내가 얼마나 소중한지를 느끼며 사랑하는 방법들을 배워나가고 있기 때문이다. 오늘도 '진짜 나'를 향해 한 걸음 한 걸음 앞으로 나아가고 있는 나에게 미소를 보낸다.

🙂 항상 밝은 모습에 이런 어린 시절이 있는지 몰랐어요. 과거에 힘들었던 일들은 다 내가 성장하고 성숙해지는 데 거름역할을 하는 것이겠지요. 이제는 동생들과 행복한 일만 있으실 거예요.^^

🙂 그래도 두 자매분이 반듯하게 성장하신 것 같아요. 서로를 챙겨주시는 모습도 아름답고요. 이제 한숨 돌려 여유 있게 나아가셔요~^^*

🙂 지혜롭게 자신을 바로 세우며 살아오셨나 봐요. 차분한 모습에서는 그런 눈치를 전혀 못 챘네요. 이제는 정말 괜찮다고 저도 한마디 건네고 싶어지는군요. 함께 치유해가는 이 자리가 참 감사합니다.

🙂 나도 웅크린 어린 나에게 '미안하다고 이젠 괜찮다'고 꼭~ 안아줍니다. 가슴속에서 어린 나의 심장소리가, 안도하는 숨소리가 느껴집니다. 해진님 글을 통해 어린 시절의 나와 만날 수 있었습니다. 감사합니다.

지은이 김해진 1971년생 | 어린이집 운영

결혼을 한 직후에 독일로 입양되었던 동생이 모국방문 프로그램을 통해 한국에 와서, 19년 만에 세 자매가 만나게 되었습니다. 당시엔 고등학교 졸업반이었지만 지금은 본인의 목표였던 의학박사가 되어 있습니다. 훌륭하게 잘 커주어서 고맙습니다.

자라면서 계속 신앙생활을 했지만 '윤회'라는 것이 자연스럽게 와 닿으면서 '아 나는 이번 생에 이런 몫을 받았구나'라고 여겨져 처해진 환경을 그다지 크게 생각지 않았습니다. 훗날 어머니께도 제가 받은 몫이니 너무 죄스러워 마시라고 말씀드렸습니다.

먼저 입문한 동생을 따라, 왠지 모르지만 그냥 숨 쉬는 게 좋아서 명상을 시작하게 되었습니다. 명상을 하면서 내게 '비워진 부분'을 더 많이 이해하게 되었고, 내가 얼마나 소중한 존재인지를 조금은 알게 되었습니다.

지금은 매일매일의 호흡으로 나를 더욱 사랑하려고 노력하고 있습니다. 나도 몰랐던 내 상처를 감싸주는 명상이 참 고맙습니다.^^

# 회상

(‘어린 시절의 나에게’ 김해진 님과 자매인 김은진 님의 이야기입니다)

6월이면 독일로 입양 간 동생이 온다.

동생은 어느덧 의사가 되었다. 한국 방문은 이번이 3번째이다.

이번에는 그의 양어머니와 민주라는 여동생과 함께이다.

2004년에 동생도, 나도 어머니를 처음 뵈었다.

동생은 어머니를 얼마나 보고 싶었을까.

낯선 외국 땅에서 많이도 외로웠겠지.

자신의 정체성에 대해서

자신도 누군가의 핏줄이니 아마도 근원이 궁금했을 거다.

그래서 그 먼 곳에서 여기까지 찾아왔겠지.

그리고 그토록 보고 싶었던 어머니와의 눈물겨운 상봉을 했다.

동생은 어머니가 살아 계시는 것만으로도 감사해 했다.

모든 상황을 이해한다고 했다.

어머니는 미안함으로 범벅된 채 말을 잇지 못하셨다.

나는 별 마음의 동요를 느끼지 못했다.

남들한테는 먼지만 한 가시 같아도

그게 내 상처일 때는

우주보다 더 아프다는 말이 있듯이

내 상처가 젤로 큰 줄 알았다.

하지만 지금은 손바닥에 나를 올려놓고 보게 되었다.

이제 아무렇지 않게 되었다.

모든 것이 '나'를 찾아가기 위한 과정이었다는 것을

알게 되었기 때문이다.

지구라는 별에서의 삶이 더 이상 고통스러운 것이 아니라

자아를 찾아가는 배낭여행 같은 거라는 것을….

더 이상 슬퍼하거나 원망하지 않고,

목적지에 다다를 때까지

나의 길을 자유롭게 신나게 재미있게 가고 싶다.

같이 가는 도반들이 있으니 더 없이 정답게 가고 싶다.

동생이 오면 따뜻하게 안아주고 싶다.

너를 많이 사랑한다고

더 이상 외로워하지 말라고 말해주고 싶다.

언젠가는 어머니와 같은 하늘 아래 숨 쉬고 있다는 것만으로도

감사할 수 있는 날이 오기를 바라본다.

나는 벌써 마음 한켠으로 다행으로 생각한다.

나를 찾아가는 길을 만날 수 있어서

나를 찾아주지 않은 것에 감사해 하고 있을지도 모른다.


어머니 ~

지난날을 회상해 보니 원망만 많이 하였더군요.

이제는 어머니의 미안함이 제 것이 되었습니다.

그리고 얼굴 크고 코 납작하게 만들어주신 것이

부모님이 원해서 그렇게 된 것이 아니고

조물주님의 작품이라고 생각하니 큰 위로가 됩니다.

하! 하! 하!


은진님의 푸근한 넉넉함이 그냥 오는 게 아니었네요. 하하하. 자유롭게 신나게 더 없이 정
답게 가는 길~ 함께 가게 되어 즐거워요.

정말 애틋한 사연이네요. 많이 성숙하신 은진님이 왠지 자랑스럽다는 생각이 드네요. 언제
나 파이팅!!!

맥주 한 잔에 웃으면서 얘기하였지만 은진님이 이렇게 잘 정리하고 계시는 줄 몰랐네요.
지구에서의 배낭여행 재밌게 하세요~

질질 울다가 마지막에 따라 웃어버렸으니 이를 어쩐다.─* 어머니를 생각하다가 이미 어머
니의 마음을 가져버리신 것 같습니다. 언제나 포근한 웃음, 감사드려요.

행복한 조건에서 감사함 없이 살아온 저를 보니, 이런 분들 앞에서 너무 부끄러워집니다.
저도 진심으로 감사하는 법을 배우고 싶습니다.^^;

저는 어렸을 때부터 부모님과 인연이 없었습니다. 수녀님들과 생활하게 되었지요. 사춘기 때에는 부모님 원망을 많이도 하였습니다. '왜 나는 평범하게 살지 못하는가, 다른 사람들은 엄마 아빠와 생활하는데 나는 왜?' 라는 의문을 갖게 되었지요.

그때부터 마음속에 알 수 없는 원망의 대상을 키우게 되었습니다. 사람들을 쳐다볼 때 째려보게 되고, 대화를 할 때에도 화부터 내게 되었습니다. 나를 건드리지 말라는 일종의 방패막을 치는 것이지요.

저는 점점 우울해져 갔습니다. 그런 어느 화창한 날에 '세상은 이렇게 아름다운데 나는 왜 혼자, 나만의 감정과 원망에 빠져 있는가?' 시간을 허비하고 있다는 생각이 들었습니다.

그러던 중 인터넷을 검색하다가 우연히 수선재 홈페이지를 보고 명상을 알게 되었습니다.

명상을 하면서, 알 수 없는 원망의 대상은 바로 '나 자신' 인 것을 알게 되었습니다. 그래서 상처받은 나를 어루만져 주었지요. 지금은 나를 있는 그대로 사랑하게 되었고 더 이상 상처는 아무것도 아닌 게 되었습니다.

지금 이 순간 세상이 원망스럽거나 우울한 삶을 사는 분이 계시다면 명상으로 현재의 자신에서 벗어나 아름다운 세상과 함께 숨 쉬는 것은 어떨까요?
^__^

# 어린 엄마

93년. 8월의 어느 더운 여름날 나는 한 아이의 엄마가 되었다. 당시 24살, 약간의 피터팬 증후군 증상까지 가지고 있었던 나는 아직 엄마가 될 마음의 준비를 하지도 못한 채 너무도 무책임하게 덜컥 한 생명을 맞이하게 되었다.

그 후로 6년 동안 직장생활을 핑계로 아이는 친정에 계신 엄마의 몫이 되었고, 목욕시키고, 기저귀 빨고, 우유 먹이는, 아이를 돌보는 모든 것은 젊은 외할머니가 도맡아 했다.

어린 엄마인 나는 주말마다 친정에 가면 피곤하다는 핑계로 아침 늦게까지 실컷 자고 엄마가 차려준 밥상을 받고 휴식을 취하다 오곤 했다. 아이가 보고 싶다기보다는 엄마가 보고 싶어 친정을 갔다는 표현이 맞을 정도로 큰아이는 정말이지 내 손으로 기저귀 한 번, 옷 한 번 빨아서 입혀본 적이 없었다. 그렇게 나는 내가 낳은 아이는 외면한 채 우리 엄마의 행복한 딸이기만을 원했다 그런 나를 보면서, 결혼생활을 부정하고 자기를 싫어한다는 느낌을 받았던 남편은 가슴에 커다란 상처를 간직하게 되었던 것 같다.

지금의 큰아이를 혼전 임신하면서 서로 충분히 알 시간이 없었던 우리는 애당초 서로에 대한 환상을 지닌 채 결혼을 했다. 나는 내 모든 짜증과 투정을 받아줄 바다 같은 남편을 원했고, 남편은 성숙하고 집안일도 척척 해내는 어른스러운 아내를 원했었다. 하지만 현실은 절묘하게 서로가 원했던 반대 스타일대로 만나게 되었고, 그때부터 우리의 불행은 시작되었다.

누군가 업業은 대물림된다고 했던가? 술만 마시면 엄마를 괴롭히고 폭력을 행사했다던 아버지 밑에서 자란 남편은, 어느새 자기도 똑같은 결혼생활을 하고 있었다. 헤아릴 수 없을 만큼 신체적 폭력이 뒤따랐고 오랫동안 병원에 입원을 해야 하는 경우도 있었다.

그나마 큰아이가 친정에서 자라는 6년 동안은, 반대하는 결혼을 한 죄로 한 번도 내색을 하지 않은 탓에 부모님은 내 상황을 전혀 알지 못하셨다. 그러다가 큰아이가 7살이 되어 유치원 입학을 위해 집으로 오게 되면서 아이의 입을 통해서 부모님도 어쩔 수 없이 상황의 일부를 알게 되셨다.

친정 부모님의 많은 설득과 달램, 때론 심한 꾸중에도 불구하고 어린 시절 보고자란, 잠재의식 속에 깊이 박혀버린 남편의 음주행태와 그 이후의 행동은 쉽사리 고쳐지지 않았고, 올해 초 '이제는 다시는 찾아오지 말라' 는 친정 부모님의 최후통첩 이후, 나에게도 그 든든하던 친정은 멀고 먼 타향이 되어버렸다. 그렇게 친정 부모님과 남편은 서로의 가슴에 상처만 가득 안긴 채 남남 아닌 남남이 되어버렸다.

돌아보면 나는 아이들을 사랑하는 편이 아니었다. 아니 오히려 부담스러워한다는 편이 더 옳을 것이다. 그럼에도 내가 받는 고통보다도 부모의 불화를 지켜보며 밤새 두려움에 떨었어야 할 어린 내 아이들의 고통을 생각하면 정말 가슴이 아팠다.

십 년이 넘는 세월 동안 이틀에 한 번 꼴로 술 먹는 아빠와, 아빠가 술 먹는 날이면 어김없이 폭력에 시달리고 밤새도록 잠 못 자고 피곤에 지친 엄마를 보면서 아이들은 어떤 생각이 들었을까?

엄마가 사는 모습을 지켜보며 자신들 때문에 참고 산다고 생각한 아이들은, 요즘 아이들답지 않게 그 흔한 사춘기 반항도 없이 무난하게 성장을 했다.

하지만 말썽을 부리지 않는다고 해서 그 아이들이 상처가 없다고 누가 감히 말할 수 있을까? 엄마한테 떼 한 번 써보지 못하고 어느새 고등학생, 중학생이 되어버린 두 딸이 요즘 따라 부쩍 안쓰럽다.


문득 지난 2008년 5월 8일 어버이날이 떠오른다. 계속되어온 남편과의 갈등은 최고조에 다다랐고, 더 이상 참을 수 없었던 나는 그동안 혼자만의 가출과는 달리 아이들 셋을 데리고 잘 아는 지인의 집에 찾아 갔다. 혼자 몸도 아니고 혹을 3명이나 데리고 갔었음에도 내 사정을 알고

더 늦기 전에 아이들에게 한없는 사랑과
이 부족한 엄마의 딸로 와줘서 고맙다는 말을 전하고 싶다.
얘들아, 미안해. 그리고 사랑해.

있었던 지인은 나를 말없이 받아주었다. 아이들은 학교가 멀어서 아침마다 지각을 하는 상황이었고 참 누가 봐도 말이 안 되는 상황이었다.

5월 8일 아침, 그 날도 학교 간다고 허겁지겁 집을 나간 작은아이에게서 핸드폰 문자가 날아왔다.

'엄마! 낳아주시고 그동안 키워주셔서 감사해요.'

순간 나도 모르게 눈물이 핑 돌았다. 나의 약점을 고스란히 빼닮은 둘째 딸아이, 내 인생을 닮는 것이 지레 무서워 가르친다는 명목으로 유독 못되게 굴었었다. 내가 무슨 염치로 이런 감사를 받을 자격이 있단 말인가?

요즘은 아이들은 아빠가 늦게 오는 날이면 아예 엄마를 깨울 생각도 없이 아침밥을 스스로 찾아 먹고 학교를 간다. 한참 잘 먹어야 하는 청소년 시기에.

명상을 한 이후 많이 나아지긴 했지만, 몸과 마음이 힘들어 철없는 엄마가 짜증을 부릴 때도, 마치 살아주는 게 유세인양 "내가 누구 때문에 사는데 니들이 이럴 수 있니?" 하는 질책 한마디면 말없이 고개를 푹 숙이는 내 착한 아이들.

난 그동안 내가 쌓아놓은 '업'의 무게에 짓눌려 내 아이들의 아픔이나 상처를 돌아볼 여유가 없었고, 아이들이 내 말에 100% 순종하는 것은 너무나 당연하다고 생각한 한없이 이기적인 엄마였다.

그 힘든 상황 속에서도 명상을 계속할 수 있었던 것은 내 업이 아이들에게 고스란히 대물림될 수도 있다는 두려움 때문인 것을 보니 어쩌면 아이들이 나 때문에 산 것이 아니라, 내가 아이들 때문에 살 수 있었던 것이 아닐까 하는 생각을 해본다.

한때 내가 열심히 명상을 하면 흔한 종교 체험담처럼 남편이 하루아침에 180도로 변해서 내 인생이 한순간에 짠~하고 달라질 것이라는 생각을 한 적이 있었고, 쉽사리 변하지 않는 현실에 하늘을 원망한 적도 있었다.

어찌 나는 다 옳고 그는 다 틀리다고 할 수 있을까? 다만 서로 다른 게 틀리다는 것이 아니라는 것을 내가 미리 알았더라면 우리의 삶이 달라지지 않았을까? 하는 아쉬움이 드는 것은 어쩔 수 없다.

그동안 남편의 행동을 많은 부분 묵인하고, 당연히 내가 받아야 할 업이라고 체념한 채 살아왔다. 이제 언젠가는 변할 것이라는 기대와 모든 바람을 내려놓으며 나는 내 마음에서 남편을 떠나보내기로 했다. 설령 그것이 현실적인 이별로 이어진다 하더라도 이젠 두려움보다는 진심으로 남편이 평온하고 행복해지기를 바랄 뿐이다.

부모가 되는 것은 쉬워도 '부모 노릇'을 하는 것은 어렵다는 것을 미리 알았더라면, 차갑고 뾰족한 말 한마디가 아이의 기를 얼마나 꺾고 상처를 준다는 것을 미리 알았더라면, 인생이란 그저 감사하고 사랑으로 보듬으며 감싸 안고 살아가면 된다는 것을, 지금에서야 안 것을 그때도 미리 알았더라면 '내 인생이 이렇게 황폐해졌을까?' 하는 후회와 아쉬움이 때때로 밀려온다.

더 늦기 전에 아이들에게 한없는 사랑과, 이 부족한 엄마의 딸로 와줘서 고맙다는 말을 전하고 싶다.

애들아, 미안해. 그리고 사랑해.

콜라

누구나 삶이 쉬운 것이 아니지만 힘든 모습이 보입니다. 당사자가 아니면 누구도 풀 수 없는 문제지요. 그간 부모로 살아오심에 경의를 드립니다. 무르익은 봄과 더불어 좋은 일만 계시길 기원합니다.

선배님이 그런 고생을 하셨을 줄이야. 예쁜 따님들이 훌륭하게 성장할 것 같습니다. 선배님께도 좋은 일만 가득하시길 바랍니다.^^

폭력으로 생긴 상처들을 볼 때마다 안타까웠습니다. 우리는 명상으로 자신을 찾아가니 참 다행한 일인데 남편 분이 자신을 진정 사랑하여 자격지심에서 벗어나길 바라봅니다. 그리하여 집착이 아닌 진정한 사랑으로 가족과 함께하면 좋겠습니다.

고달프고 힘들 텐데 열심히 사시는 모습이 아름다워 보였습니다. 맑고, 밝고, 따뜻한 마음으로 살다 보면 좋은 날이 올 것입니다. 힘내세요.^^

지은이 **김정수** 1970년생 | 법원공무원

올해로 명상을 시작한 지 5년째 되는 40대의 평범한 사람입니다.
비교적 평범한 환경이었음에도 불구하고 어린 시절부터 내재된 열등의식으로 자신감과 자신, 타인에 대한 사랑이 부족한 채 성장하였습니다. 세상에는 즐겁고 행복한 일도 많지만, 제가 보는 세상은 항상 슬프고 어둡게만 보였고 그저 의무감으로 하루하루를 살아왔습니다.
그러다가 아주 우연한 기회에 명상을 접하게 되면서 저 자신이 귀하고 소중한 존재임을 알게 되었고 그간의 열등의식에서 벗어나 태어나서 처음으로 자신을 사랑하게 되었습니다.
그리고 제가 처한 현재 환경 역시 제가 불러들인 것임을 알게 되고 나니, 그동안 힘들게 한다고 원망하였던 모든 상황들이 결국은 저를 성장시키기 위한 과정이었음을 알게 되었습니다. 불행한 결혼생활의 모든 책임을 마치 남편에게 있는 것처럼 썼지만, 사실은 제게도 많은 책임이 있다는 것을 알게 되었고요. 모든 것이 고맙고 미안할 따름입니다.

지금까지 살아오면서 가장 재미있고 가치있는 일인 명상! 앞으로도 이 길을 통하여 제게 주어진 삶에 감사하는 마음으로 하루하루를 채워나갈 것입니다. 감사합니다.

# 세상의 남자들이여~

매주 토요일 밤은 일주일을 기다리던 토요명화가 시작하는 날이었다. '두두두두 두두두두' 하는 웅장한 배경음악과 함께 아빠가 사준 조안나 골드 아이스크림을 퍼먹으면서 찌직 거리던 TV를 보던 기억은 지금도 행복한 장면으로 남아있다.

난 어린 나이에도 '왕과 나'를 찍을 때 산소호흡기로 목숨을 연장했다던 율 브리너의 반짝이는 대머리에, 모나코의 왕비가 되었지만 교통사고로 안타깝게 세상을 떠났다는 그레이스 켈리의 순백의 아름다움에 반해 있었다.

그 시절 내게 영화 속 세상은 참 화려하고 세상의 그 무엇보다도 매력적이었다. 좋은 남자를 만나 행복한 가정을 꾸미는 게 소원인 몇몇 소녀들의 꿈은 내겐 '지루한 인생'으로 비추어졌고, 난 화려한 영화 속 세상을 쫓아 영화학도의 길을 가기로 결심했다.

대학에 진학할 때만 해도 내 인생의 목표는 세계영화 100년 역사에 길이 남을 대작을 만드는 것이었다. 지금 생각해 보면 '인간으로 태어나서 무언가 이 세상에 족적을 남기고 가고 싶다'라는 열망이 강했고 내가 손가락 하나만 까닥하면 휘리리릭 대작이 나올 것 같은 근원을 알 수 없는 자신감도 있었다. 가끔 내 20대의 이 치기와 단순함을 생각하면 유쾌하기도 하지만, 한마디로 세상을 너무 몰랐구나 싶어 이내 씁쓸해진다.

대학에서 첫 작품을 연출했을 때 내가 남자동기들에게 들은 말은 '네가 할 수 있겠니?' 였다. 그리고 그 이유가 내가 '여자여서' 라는 걸 알았을 때는 적잖은 충격을 받았다. 여중, 여고를 졸업하고 진보적인 가정에서 자란 나는 사실 스스로를 '여자' 라고 생각하기보다 '인간' 으로 인식하고 있었기 때문이다.

남자동기들의 태도에 나는 당황하기보다는 발끈했던 것 같다. 오기가 일어났다. '영화 작업에 체력이 필요하긴 하지만 중요한 건 재능이지. 내가 니들보다 못할 게 뭐 있냐!' 하며 밤을 새워가며 독하게 영화를 찍었다.

내 첫 작품은 솔직히 별로였다. 하지만 시사회 날 자막에 내 이름이 올라가는 영화를 틀 수 있다는 것만으로 그저 즐거웠다. 독한 년이라는 별명을 갖게 되었지만 완성했다는 것 자체가 좀 대견하기도 했다.

그런데 영화를 다 본 교수님께서 큰 실수를 하셨다. 많은 학생들 앞에서 "넌 영화하지 마라"고 말씀을 하신 것이다. 상당히 자존심이 상했지만 그냥 더 분발해야겠다는 말을 '세게 하시네' 라고 여겼다. 그렇지만 다음 말은 오랫동안 기억할 수밖에 없었다.

"여자들이 확실히 남자들에 비해 작품이 떨어진다."

이 말을 듣는 순간 머릿속에서 '빡' 하고 전구 터지는 소리가 난 것도 같았다. 그냥 무심하게 넘길 수도 있었지만, 교수님의 말씀은 단지 여학생들을 독려하는 차원이 아닌 다분히 진심이 묻어 있음을 난 알았다.

첫사랑에 실패한 대부분의 사람이 이를 극복하는 데 6개월의 시간이 걸린다던데, 내겐 그날의 일에서 벗어나는 데 6개월도 부족했다. 그 뒤 교수님을 미워하는 마음의 크기는 스스로 감당하기 힘들 정도였다. 끙끙 앓고만 있던 어느 날, 미워하는 마음을 정리하여 교수님께 독기가 서린 한 통의 편지를 썼다. 교수로서의 언행에 대해 그리고 글의 말미는 내 영화인생에 큰 도움을 주신 부분 절대로 잊지 않겠다고….

이때부터였던 것 같다. 남자들과 나 사이에 끈질긴 인연이 시작된 건.

스무 살, '무심과 여유' 라는 단어를 듣도 보도 못한 어리석은 나의 선택은 '받은 만큼 돌려주자' 였고 대학 내내 보수적인 성향을 가진 이분에 대한 미움은 더해만 갔다.

『황진이, 선악과를 말하다』책에 보면 '남자를 어머니의 마음으로 대하라' 라는 구절이 있는데, 그 시절 내겐 절대 불가능한 일이었다. 여자에게는 한없이 관대하다가도 남자들의 실수에는 버럭 화를 내는 일이 잦아졌고 맘속에 짱돌을 갈아놓고 시시때때로 날려 주었다.

대학을 졸업할 즈음, 친구가 남학생에게 구타를 당한 일이 벌어졌다. 술자리에서 시비가 붙었고 '계집애 주제에' 라는 말을 시작으로 여러 군데 골고루 맞았다고 한다. 대부분 싸움의 원인은 쌍방에 있다고 하더라도 폭력의 정도가 과해 친구는 전치 3주의 진단을 받았다. 눈이 퍼렇게 멍들고 입술이 터진 친구의 얼굴을 보기가 괴로웠다. "너도 한 대 갈기지 뭐했냐?"는 내 말에 친구는 "시도는 해봤지만 쩝도 안 되더라"고 했다.

재미있는 일은 그 이후에 일어났다. 동기들 사이에 '어떻게 여자에게 폭력을 휘두를 수 있는가'와, '얻어맞을 짓을 했다'로 의견이 분분했고 절대 사과할 수 없다는 남학생의 말에 그 둘은 경찰서에서 대면을 하게 되었다.

경찰서로 가는 길에 남자동기들은 여자의 최대의 무기는 '눈물'이라는 것을 조용히 알려주었다. 최대한 연약한 모습으로 눈물을 흘려야 했을 친구가 불쌍했다. 아니 그냥 눈물이 나더란다. 나 또한 눈물이 내가 세상을 살아가는 가장 쉬운 방법이 될 수 있다는 사실을 받아들이기엔 자존심이 가만있질 않았다. 하지만 그것이 내게는 이상스럽게만 보이는 세상의 현실임을 조금은 알게 되었다.

졸업을 하고 '그래도 난 된다'는 기대를 안고 영화판에 뛰어들었다. 영화판은 철저한 남자들의 세계였다. 그쯤에는 고생 그만하고 시집가라는 말을 많이 들었다. 난 영화계의 '기대주'가 되고 싶었지만 애써 키워봤자 '시집가버릴 애' 정도로 취급됐다.

시집을 가는 대신 나는 한국을 뜨기로 결심했다. 한국이라는 사회가 지긋지긋했고 남자들에 대한 미움이 '화병' 수준에 이르렀기에 더 이상 버틸 수가 없었다. 일단 작전상 후퇴는 하지만 돌아와서 '눈물'이 아닌

여자에게는 한없이 관대하다가도
남자들의 실수에는 버럭 화를 내는 일이 잦아졌고
맘속에 장돌을 갈아놓고 시시때때로 날려 주었다.

'실력'으로 다 쓸어버리겠다는 굳은 각오는 잊지 않았다.

외국에서의 유학생활은 내 안에서 새로운 세상의 문을 열어줄 것 같았다. 남자, 여자라는 성을 떠나 온전히 인간으로만 살 수 있을 것 같았다. 하지만 착각은 자유라더니 '성차별'보다 더 무서운 건 '인종차별'이었고 이방인에게 그들이 호락호락할 이유는 없었다.

온갖 미움을 버리지 못하고 쌓아만 가니 마음의 무게는 천근이었다. 혹시 좀 가벼워지지 않을까 한국사찰을 찾아갔다. 차를 마시며 담소를 나누던 끝에 한 비구스님이 부처님께서 '여자는 깨달을 수 없다'고 하셨다고 내 눈을 똑바로 쳐다보고 말씀하셨다. 그래서 자기가 아는 비구니의 소원은 다음 생에 꼭 비구로 다시 태어나 제대로 각을 이루어 보는 것이라고 했다.

모욕적이었다. 그 말을 듣고 고개를 끄덕이던 보살님들을 보는 건 더 참기 힘들었다. 퍼뜩 '난 전생에 남자였는데 여자들에게 해코지를 많이 해, 그 업으로 이런 고통을 감내해야 하나보다'라는 생각이 들었고 꾹 삼켰다.

스님의 도가 높아 내가 '비워야 할 부분'이 무엇인지 콕 집어주는구나 라기보다는 13년 도를 닦았다는 이 스님도 '남자구나' 하는 사실만을 확인하고 혹 떼러 갔다가 서너 개 더 붙이고 돌아왔다.

예전의 나 같으면 어떻게 그렇게 말할 수 있냐며 눈에 쌍심지를 켜고 달려들었을지도 모르지만 10년 세뇌의 결과는 무서웠다. 싸울 기운도 남아있지 않았고 '어쩌면 난 여자라서 안 될지도 몰라'라는 생각이 스멀 스멀 스며들었다. 나의 존재감은 약해져만 갔고 남자들의 세상에 대한 분노는 커져만 갔다.

가슴에 미움을 가득 안고 사는 건 괴로운 일이다. 미움을 주체하지 못하던 어느 날, 난 멀쩡하게 자고 일어나서는 숨 쉬는 법을 까먹었다. 내쉬는 건 되는데 들이쉬는 게 안 됐다. 그대로 질식할 것만 같았지만 미움으로 인해 생긴 병에는 약도 없었다.

그래도 다행인 건 병명과 원인은 제대로 알고 있다는 거였다. 감당할 수 없는 미움으로 인한 '화병!' 혼자 화병으로 진단을 내리고 미움을 다스리기 위해 명상을 찾았다.

명상을 시작하고도 한동안은 '나 나름 열심히 살아왔는데 왜 이런 일들을 겪어야 했는지' 받아들이기 힘들었지만, 역시나 힘겨웠던 남자 도반님들의 인생공부를 통해 크게 알게 된 바가 있었다.

내가 죽도록 미워했던 남자들도 사실 이 세상을 다 가진 게 아님을, 그들도 나랑 똑같이 지구에 태어나 모든 것이 낯설고 두렵고 나약한 존재임을…. 남자이기에 절대 눈물을 보여서도 안 되고 불안한 마음을 드러내서도 안 되었던 그네들의 아픔이 보이니, 미워하는 마음이 사그라지고 나를 다시 바라보게 되었다.

난 나의 과욕과 비뚤어진 마음에는 눈을 감아버리고, 모든 것을 남자들의 세상 탓으로 돌리지는 않았는지! 그리고 모든 원인은 나 자신에게서 기인함을 알았다.

이 단순한 진리 하나를 터득하는 데 10년이라는 세월을 허우적거렸다니…. 값비싼 대가를 치른 난 이제 정말 '화병'의 후유증에서 벗어나고 싶다. 아직 도통하지 못해 어머니의 사랑으로 그들을 대하기엔 부족하지만 내가 아팠던 만큼 아프게 해주었던 세상의 남자들에게 진심으로 사과하고 싶다.

세상의 남자들이여~ 괜스레 미워해서 정말 미안합니다. 그리고 이젠 진짜로 미워하지 않을 수 있을 것 같아요!!!^^

남자들이란 어쩌면 두려움을 표현하지 못하도록 세뇌 받은 피해자들인지 모르죠. 해영님에게 남자에 대한 미움이 가득한 시절이 있었다니. 지금은 많이 정화되어서 티가 나지 않는 거군요. 언제나 밝고 솔직담백한 해영님의 모습만 기억납니다.

저도 어릴 때 '여자가…'이 말만 나오면 항상 싸웠답니다. 오빠가 물 떠오는 심부름만 시키면 싸웠고, 그 기억으로 앉아서 물심부름 시키는 시아버지를 미워했습니다. '아, 저들은 손이 없나, 발이 없나'하고요.^^ 그래서인지 우리 집에서는 물심부름은 서로 안 시키려고 하구요. 혹여 시킬 때는 엄청 미안해하면서, 해줄 때는 큰 인심 쓰는 모습으로. 후훗^^ 지금은 남의편이라는 이름의 아들을 하나 더 키운다고 생각하고 삽니다. 때로는 잊고 투덜대기도 하지만요. 아주 공감 가는 '남성 우월주의 시대의 여성들의 상처'이야기 감사합니다.

저는 이 화병으로 20년을 산 것 같아요. 명상은 정말 신비로워요. 남자들이 하는 행동이 사랑스러워보이다니…^^ 이제는 '페미니스트'라는 이름보다 '휴머니스트'가 되고 싶네요.

남자에 대한 원한! 그 대가로 얻은 병이 제게도 있습니다. 버럭병! 참다 참다가 느닷없이 막판에 버럭!~~~하는 바람에 다 된 밥에 코 빠뜨리기 증상이지요. 어찌 되었든 명상의 길에서 님과 만나게 해준 '화병'에 감사드립니다.

토요명화 지금은 추억이 되었네요. 토요일이면 서부영화를 많이 방영했던 기억이 새록새록 합니다. 언젠가 역사에 길이 남을 대작 한편을 기대해봅니다.

지은이 한해영 1977년생 | 독립영화 감독

원래 인간사, 세상사에 관심이 많아 여기저기 여행 다니며 사람구경, 세상구경에 꽤나 빠져 살아왔다.

모두에게 특별한 각자의 인생. 텔레비전 시트콤처럼 마냥 가볍고도 코믹하게 살고만 싶었는데 나름 혹독했던 삶의 잡음을 겪으면서 내 인생이 내 뜻대로 되지 않음을 알게 되었고, 내 인생이 남의 뜻대로 흘러가는 게 억울해 명상을 시작하게 되었다.

요즘은 지구에서 유유자적하며 사는 법을 터득해가며 가볍게, 값지게 살려 애쓰고 있다. 그래서 언젠가 지구별을 뜨는 날, 한 점의 미련도, 한도 남아있지 않기를 바라며 열렬히 청춘을 보내고 있다. 오늘도 나 자신에게 파이팅!

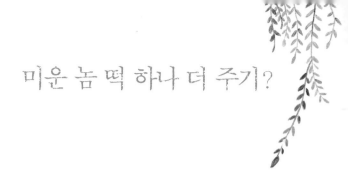

# 미운 놈 떡 하나 더 주기?

미운 놈 떡 하나 더 주라는 말이 미운 놈을 사랑하라는 말인 줄 알았다. 그런데 그것보다 나를 사랑하라는 말이라는 걸 알게 되었다. 미움의 화살 끝은 결국 나에게로 돌아온다. 미운 놈 떡 주면 그 떡은 결국 나에게로 돌아온다.

하늘의 법칙 '인과응보, 뿌린 대로 거두리라.'

인과응보는 부메랑의 법칙이다. 내가 던진 대로 다시 나에게 돌아온다. 누군가를 미워하면 분이 풀리는 것 같지만 실은 풀리지 않는다. 계속 마음만 불편하여 나를 상하게 한다. 그리고… 미움이 깊어지면 미안해진다. 실컷 미워했을수록 더 미안하다.

**미워한 사람 1. 남편**

7년 연애 끝에 결혼했지만 남녀간의 사랑이 다 그렇듯, 우리도 그저 통속적인 사랑이었다. 서로의 이기심으로 사랑하는 건데도 그 순간에는 서로를 무진장 사랑하는 줄 착각했다. 그 사랑에 이미 미움이 들어 있었던 걸 그때는 몰랐었다.

무수히 싸우고 서로 생채기를 낸 지금 생각하니 나 좋자고 그를 좋아하고 사랑한 것이 미안하다. 모성애母性愛로 그를 감싸주지 못한 것이 미안하다. 오랫동안 미워하고 싫어하고 무시했던 것이 참으로 미안하다.

내가 원한 모습이 아니라고 미워했다. 내 맘대로 원하고는 내 맘대로 미워한 것이다. 그 미움에 우린 둘 다 당했다. 참으로 미안하다.

## 미워한 사람 2. 엄마

나의 엄마는 스킨십을 모른다. 자식인데도 항상 일정한 거리를 두고 대하셨다. 엉거주춤. 그게 싫었다. 엄마는 날 사랑하지 않는다고 생각했다.

드라마에서 모녀간에 살을 비비고 끌어안고 다정하게 말하는 걸 보며, 어렸을 때는 그게 드라마 속의 과장된 허위라고 믿어 의심치 않았었다. 그러다 그것이 허위가 아니라는 걸 서서히 알게 되면서 무뚝뚝하고 쌀쌀한 엄마가 싫었다. 나보다 엄마 자신을 먼저 생각한다고 여기며 엄마에 대한 미움을 키워갔다.

나중에 알고 보니 엄마의 친엄마가 무뚝뚝한 분이셨고, 엄마는 계모에게 구박받으며 사시다가 20살에 쫓겨나다시피 결혼하셨다. 스킨십을 받아본 적이 없기에 할 줄 모르셨던 것이다. 애틋한 부모의 사랑을 받아본 적이 없었던 것이다.

외할머니의 '엉거주춤' 은 엄마에게로 나에게로 그리고 내 딸에게로 이어진다. 나와 똑같은 경험을 내 아이들에게는 안 물려주리라 생각하고 노력하였으나, 가끔 아이들이 나에게 똑같은 불만을 말할 때 깜짝 놀라곤 한다.

노력해도 잘 안 되는 걸 난 엄마에게 완벽하길 바라고, 내 욕심대로 안 되니 엄마를 원망하고 미워했었다. 내가 엄마가 되고 보니 이제야 엄마가 이해된다. 그동안 철없이 원망하고 미워한 것이 미안하다. 엄마는 날 사랑하지 않은 것이 아니라 사랑하는 방법을 몰랐던 것이다. 내가 사랑하는 방법을 잘 모르듯이….

## 미워한 사람 3. 시어머니

작은아이 백일쯤 되었을 때 83세이신 시어머니와 함께 살기 시작했다. 직장 생활하는 나에게 도와줄 사람이 와도 시원치 않을 판이지만 오실 때만 해도 불만이 없었다. 자식이 부모를 모시는 것에 토를 달지 않았다. 그리고 좋은 며느리가 되리라 생각하기도 했다.

시어머니는 오시면서부터 남편이 설거지하는 걸 보신 후, 날 미워하셨다. 아들을 설거지하게 하는 며느리가 괘씸한데 거기다 몸도 비실거리고 애교도 전혀 없으니 마음에 안 드셨던 것이다.

그걸 크게 내색하시지는 않으셨지만 눈길 한 번 곱게 주시지 않으셨고 은근히 나를 밀어내고 따돌리셨다. 무료하셔서 심심풀이 빨래를 하실 때도 내 옷만 쏙 빼고 빨아 널어놓으시고, 나에게 한 번도 다정한 말을 건네신 적이 없으셨다.

처음엔 좀 유치하기도 하고 한편 귀여우시다고도(?) 생각하며 신경 쓰지 않았지만, 그런 일이 쌓여가면서 나도 유치해지기 시작하여 정말 싫고 미워져 갔다. 겉으로는 같이 상대해서 감정싸움 할 필요가 없다 여기고 그러려니 하였지만, 속으로는 미움이 먼지 쌓이듯 소리 없이 쌓여가고 있었다는 것을 나중에 알았다.

청소를 안 하면 먼지가 눈처럼 쌓이듯 시어머니에 대한 나의 미움은 '시' 자가 들어간 시금치도 싫어질 정도가 되었다. 그렇게 시어머니를 미워해서 내가 얻은 게 무엇이던가. 얻는 것도 없이 대책 없이 미워만 했다.

시어머니가 먼저 나를 사랑해 주기만 바랐던 것 같다. 내가 먼저 시어머니께 다가갔다면 상황은 달라질 수도 있었을 텐데…. 좀 더 유연하게 내가 먼저 잘해 드렸더라면 단순하신 분이라 금방 내 편을 만들 수도 있었을 텐데.

나는 그대로인 채로 시어머니만 날 사랑해 주기 바랐다. 지금 생각하니 난 참 바보다. 멍청하다. 특별히 나쁜 분도 아닌데 나의 어리석음으로 그분만 나쁜 사람으로 몰았다. 별일도 아닌 걸 심각한 고통으로 만든 건 바로 나였다.

시어머니께 미안하다. 지금 같이 산다면 그때같이 하지는 않을 텐데. 결국 못살겠다고 내쫓다시피 나가시게 한 것이 참으로 미안하다.

미워한 사람이 어찌 이들 뿐이겠는가. 직장에서 미워했던 사람들. 길에서 미워했던 사람들. 이렇게 만나 미워하고 저렇게 만나 미워했던 사

그들을 미워하는 일은 바로 나를 미워하는 일이기에
이제는 그들을 미워하지 않으련다.
미운 놈 떡하나 더 주는 건 바로 나를 위해서이다.
그리고 그들 모두 또 하나의 나이다.

람들. 이제는 그 모두에게 정말 미안하다.

그들을 미워하는 일은 바로 나를 미워하는 일이기에 이제는 그들을 미워하지 않으련다. 미운 놈 떡 하나 더 주는 건 바로 나를 위해서이다. 그리고 그들 모두 또 하나의 나이다.

와아~ 미운 놈 떡 하나 주라는 뜻을 오늘에서야 알 게 되었습니다. 감사드립니다.

근데요, 전 아는데도 아직 미운 놈에게 꿀밤 주고 싶어요. 떡 말고요.^^;

저도 누군가를 미워하면 미워할수록 저만 더 괴롭다는 걸 조금은 알겠더라고요. 저 자신을 위해서라도 먼저 '떡 하나' 줘야겠습니다.^^

미운 놈 떡 하나 더 준다는 말이 자신을 사랑하라는 말과 통한다는 것에 동감입니다. 근데, 자신을 사랑하면 미운 놈 떡 하나 더 주지 않아도 되나요?ㅎㅎ

지은이 **박은진** 1959년생 | 고등학교 교사

학교 갔다 집에 와서 아이들 키우는 것밖에 할 줄 모르고 살아온 평범한 아줌마요, 교사랍니다. 그냥 즐겁고 재미있게 살고 싶은 사람인데 교사하며 엄마 노릇, 아내 노릇, 며느리 노릇하기가 생각보다 힘들어 헉헉대며 살아왔지요. 나이가 들어가면서 '이게 아닌데…' 하는 생각이 점점 들고….

'이대로 살다 죽을 순 없다'(ㅋㅋ) 싶어 평소에 관심이 있던 명상을 시작했습니다. 명상을 한 후 저의 모습이 조금씩 달라져 가는 것을 보는 즐거움이 생겼답니다.

돌이켜 보니 살면서 참 미워했던 사람도 많더군요. 그 미운 사람에게 떡 하나 더 주라는 말은 도저히 이해할 수 없는 말이었는데 이제는 조금 이해하게 되었지요.

사람은 고통을 통해 발전하게 된다는 것을 머리로가 아니라 몸으로 뼛속 깊이 이해하게 되니 저의 힘든 삶에 감사한 마음이 생기더군요. 감사하고 나니 그동안 싫어하고 미워했던 사람들에게 미안해지기 시작했습니다. 미움이 깊을수록 더욱 미안해졌습니다.

욕심만 많고 바라는 것만 많아 미워했었음을, 그리고 그 미움의 화살은 결국 나를 향해 있었음을 알게 되었습니다.

이젠 그냥 즐겁고 재미있게 살 수 있을 것 같습니다. 미워하지 않고요. ㅎㅎ

# 자질부족 사회복지사?

나의 직업은 사회복지 전담공무원이다.

공무원과 사회복지사의 덕망을 모두 갖춰야하며, 다양한 인간유형을 폭넓게 경험할 수 있는, 어느 직업이든 다 그러겠지만 명상인의 입장에서 보면 참 배울 것이 많은 일이라고 느껴질 때가 많다.

내가 현재 있는 곳은 이 도시에서 제일 인구가 많고 저소득층이 밀집해 있어 민원인도 많고, 일이 많아 직원들에겐 기피대상 1호인 동이기도 하다. 나는 이 동에서 신규로 발령받아 2년 동안 악과 깡으로 청춘을 불사르며 근무를 했다. 그 후에 그나마 여건이 좋은 다른 동으로 발령받았는데, 올해 다시 이 동으로 발령이 난 것이다.

처음에는 가기 싫어서 울기까지 했다. 생각만 해도 치가 떨릴 정로도 고생을 했었기 때문이다. 남들은 한 번 겪으면 다신 안 가는데 나는 왜 두 번이나 여기 와서 이 고생이냐고 원망도 했다.

이번 달에 나의 6년 공직생활에 가장 오점을 남기는 사건이 발생했

174

다. 어느 날 5시쯤 한 여자 분이 어린 아들을 데리고 동사무소를 찾았고, 저소득층에 대해서 물어보시는데 잘못 아시는 부분이 있어 그게 아니고 이거라며 평소처럼 안내를 하고 있었다.

그런데 이야기 도중 갑자기 자리를 박차고 일어나서 자기를 무시한다고, 자기가 혼자 사는 여자라서 무시하는 거냐고, 왜 그렇게 사람을 몰아붙이냐고 소리를 지르며 나를 집어삼킬 듯이 째려보았다.

나는 화를 날만하게 한 것이 없다는 생각이 들어 당황했지만, 나의 어떤 태도가 그분의 기분을 나쁘게 했나 싶어, 몇 번이나 사과를 드렸고 정중히 고개를 숙였다. 그런데 그 와중에 보다 못한 옆에 직원이,

"정순씨가 뭘 잘못했다고 그렇게 해야 하는데? 그러지마."

라고 말을 했다. 솔직히 그 순간 기분은 좋았다. 그래도 내 잘못인 건 사실이었기에 그분이 오해한 부분을 잘 설명하고 사과드리고, 궁금해했던 것을 메모해 드리며 필요한 서류를 떼어드리고 마무리를 했다.

그분도 진정하고 설명을 들으시기에 잘 이해를 하셨나보다 하고 마음을 놓았다. 그런데 나갈 때에는 화가 안 풀리는지 서류를 던져버리고는 죄 없는 아이한테 소리 지르며 가는 것이었다.

그분이 가고 나자 뒤에서 모든 것을 지켜보시던 동장님은 잘 참았다며 격려해주셨고 다른 직원들도 다들 격려해주었다. 그날 친한 친구들에게도, 예전 같았으면 되게 화났을 텐데 내 태도가 잘못된 것임을 인정하고 진심으로 사과했더니, 내 마음에도 걸리는 게 없고, 내가 조금 성장한 것 같다고 자화자찬하며 뿌듯해했었다.

그런데 다음날 감사위원회에서 그런 일이 있었냐고 물어보는 전화가 왔었고 그쪽에서도 그러려니 하는 눈치였다. 나는 같이 화낸 것도 아니고 진심으로 사과했으니 괜찮다고 생각했다. 하지만, 다음날 출근하니 인터넷 신문고에 떴다.

"혼자 사는 여자라 무시하는 거냐. 사과를 받았지만 탐탁지 않다. 옆에서 뭐라고 한 직원도 기분 나쁘다. 정중한 사과를 하라"는 내용이었다.

내가 한 사과는 정중한 사과가 아니었나? 그분을 대할 때 이혼녀인지 몰랐다. 다른 직원들도 마찬가지였고. 왜 본인의 피해의식으로 남을 이렇게 나쁜 사람으로 만드는 건지 이해가 안 갔다.

나를 도와준답시고 말을 한 직원은 동장님께 괜히 끼어들어서 분란만 더 크게 일으켰다고 혼났다. 나를 도와주려고 한 말이었는데 오히려 입장이 곤란해졌으니 정말 미안했다.

바로 동장님께 걸려오는 과장, 국장, 도청에서의 전화. 게다가 인터넷을 보고 동장님께 한 남자가 찾아왔다. 우리 시에서 까다롭기로 소문난, 툭하면 신문고에 올리는 요주의 인물…. 전에 있던 동에서 몇 번 뵈었던 분이다. 문제의 사회복지사가 누구냐고 한다.

그나마 다행은, 나를 보더니만 이 직원인줄 알았으면 안 왔을 텐데 한다. 그럴 직원이 아니라는 것을 안다며 오히려 동장님께 내 칭찬을 했다. 그리고 할 말이 없어지니 이 도시의 행정이 어쩌고저쩌고 일장연설을 하고는, 그 글 올린 사람이 웃긴 사람이니 이해하라고 하며 돌아갔다.

파도처럼 밀려드는 민망함, 무기력함, 분노…. 나는 정말 진심으로 사

저분은 내가 나쁜 사람이라고
어떻게든 합리화시키고 싶은 건가?
내가 진짜 사람들을 기분 나쁘게 하는
자질부족 사회복지사인가?

과를 했건만 내 태도가 문제 있나? 인터넷 답변은 내가 올리지도 못했다. '무조건 우리들의 불찰이고 직접 찾아가서 정중한 사과를 드리겠다'라는 답변….

그날 저녁 나와 계장님은 그 집 현관에 들어가지도 못한 채 문밖에서 10분 정도 서서 이야기를 하다가 돌아왔다. 자기가 아는 어떤 엄마도 동사무소에 안경 쓰고 단발머리인 여직원 때문에 상처를 받았다고 한다. 분명히 나일 거라고 한다.

난 온 지 얼마 안 되었고, 그런 상황은 기억나지도 않고, 내가 그런 실례되는 말을 하는 사람도 아닌 것 같은데…. 억울해서 뭐라 말하려 하자, 그분이 흥분하며 소리를 지르려고 하니 입을 다물 수밖에 없었다.

이리도 억울할 수가. 그냥 눈물이 나왔다. 내가 왜 이런 모욕적인 취급을 받으며 일을 해야 하는 거지? 저분은 내가 나쁜 사람이라고 어떻게든 합리화시키고 싶은 건가? 내가 진짜 사람들을 기분 나쁘게 하는 자질 부족 사회복지사인가?

몇 달 전에도 저소득층 일제 조사한다고 어느 분께 전화를 했는데, 몇 년 전에 나에게 상담을 받고 가면서 길에서 서럽게 울었단다. 1시간 동안 전화를 붙잡고 대화를 나누며 오해를 풀고 사과를 드렸다. 심한 우울증을 겪는 분이었고 피해의식도 있는 분이긴 했지만, 나의 언행으로 상처를 받으셨기에 진심으로 사과를 드렸던 것이다.

그런 식으로 나는 인식도 하지 못하던 일들이, 민원인에게는 두고두고 상처가 될 수 있는 일이라는 생각이 드니 순간 두려워졌다. 하루에도 수십 명의 민원인을 대하면서 6년째에 접어들었는데, 표현은 안 했겠지만 나의 말과 태도에 상처를 받은 사람들이 많겠구나 싶었다. 도대체 몇 명일까? 그 업이 얼마나 클까?

자신의 삶이 힘들어 어렵게 찾아오시는 분들에게 지침에, 규정에, 법에 어긋나 안 된다고 말하며 희망을 잘라버렸다. 어떻게든 살아보겠다고 아둥바둥 살아가는 사람들인데…. 거짓을 말하는 거라고 느껴지면 무섭게 추궁하기도 했다. 아이고! 내가 사과해야 할 사람이 도대체 몇 명인가??

내가 하고 싶은 일인 '마음치료사'에 다가가는 과정으로 모든 상처받은 이들과 어르신들을 위해, 이 자리에서 할 수 있는 일을 최대한 하자고 다짐하며 사회생활을 해왔다. 그러나 일을 하다보면 무조건적인 평가절하, 갖가지 욕설은 기본이고, 협박, 신체적인 위협이 있어도 사회복지사이기 때문에 참지 않으면 안 되는 경우가 많아 견디려면 속이 뒤집힐 때도 많았다.

몇 년을 경험해 보니, 이러한 것을 극복해낼 수 있는 방법은 '철저하게 낮아지는 것' 밖에 없다는 것을 알게 되었다. 때론 내가 이것을 배우려 이 일을 하고 있나?라는 생각이 들기도 한다.

그러고 보니 이게 다 마음치료사가 되는 데 필요한 과정인 것 같기도 하다. 현재 내 자리에서도 마음치료사가 될 수도 있는 일 아닌가? 삶에 힘들어 하는 민원인에게 따뜻한 글귀를 한 구절 건네 줄 수도 있는 일인데 말이다.

이번 기회를 빌어 사회복지사라는 역할과 자세를 제대로 지니지 못하여, 그분을 비롯한 상처와 실망을 주었던 모든 분께 사과드린다. 앞으로는 더욱 배우는 마음으로 낮아져서 진정 겸손한 사람이 되고 싶다. 동사무소에 어렵게 찾아오시는 모든 분에게 맑은 표정으로 밝게 웃으며 말한마디 더 따뜻하게 건네는 좋은 사회복지사가 될 수 있도록 말이다.

사람을 대하는 여느 직업처럼 자신이 낮아지지 않으면 힘든 직업이로군요. 보다 훌륭한 사회복지사가 되어 가는 과정이라고 믿습니다. 파이팅!입니다.

사회복지업무 담당공무원의 어려움을 잘 알고 있습니다. 날이 갈수록 민원과 일이 늘어나는 분야이지만 명상의 입장에서 보면 참 배울 것이 많은 좋은 직업 같아요. 이미 잘하고 계시고 앞으로도 더 잘하시리라는 믿음과 응원 보냅니다.

공직에 있다 보면 공무원이라는 이유 하나로 전후 사정 따질 것도 없이 고개 숙여야 되고 사죄 드려야 되는 경우가 많지요. 힘내세요.^^

정말 대단한 일을 하고 계신다는 것을 다시 한 번 생각했습니다. 힘든 일 하시면서 그 안에서 또한 배울 것을 찾고 낮아지는 마음이 정말 보석처럼 빛나는 것 같아요.^^

자질이 부족하다는 건 원하는 자질의 기준이 높다는 것?! 그렇다면 정순님은 자질이 부족하십니다.^^; 자질이 부족하다고 느끼시기에 만족해질 때까지 남들보다 더 노력하시는 것이고 그래서 그런 그대는 더 아름답습니다. 나는 자질이 충분하다고 위안하며 노력하지 않았던 지난날 반성하며, 자질부족 도반이 응원 보냅니다.^^

지은이 유정순 1981년생 | 사회복지 공무원

어릴 때부터 많이 아파 이 병원, 저 병원 몸에 좋다는 것은 다 해보다가 명상을 일찍 만나게 되었습니다. 여러 수련단체, 상담, 심리치료 등을 찾아 헤맸지만 무언가 채워지지 않는 갈증이 있었는데 대학생 때 수선재를 만나게 된 것입니다.

명상을 하면서 끊임없이 눈물이 났습니다. 이제까지 살아오면서 받아온 상처에, 스스로를 자책하며 혹은 상처를 준 사람을 원망하며, 사랑해주지 못한 나 자신에게 미안했습니다. 스스로를 사랑하지 못하기에, 아무 조건 없이 내게 사랑을 주는 그런 포근한 느낌인 치유의 에너지에 한없이 감사한 눈물이 나왔습니다. 어디에서 오는지 모르는 외로움과 서러움의 실체. 나는 왜 태어났는지, 어디에서 왔는지가 참 궁금했었는데…. 이제는 그 답을 알고, 제가 진정으로 기뻐하는 일을 명상으로 찾아가고 있습니다.

현재 6년째 하고 있는 사회복지 전담공무원이라는 직업도 명상을 하지 않았더라면 너무 힘들다며 훨씬 전에 그만두었을지도 모릅니다. 매일 다양한 유형의 사람들을 만나며 갖가지 경험을 하고 스스로 낮아지는 법을 배우고 있습니다. 매일 다가오는 고난들을 그저 고난으로 보지 않고 하나하나 극복하고 성장해가며 더욱더 풍부한 경험을 쌓아가는 과정으로, 보다 멀리 바라볼 수 있게 된 것이 제가 명상을 하면서 달라진 점입니다.

나를 강해지게 해주었던 명상! 너무나 감사한 일입니다.

# 무늬만 경찰2

# 1

며칠 전, 물품사기를 당했다. 디카를 하나 살까하고 인터넷으로 가격 정보를 알아보던 중 내가 원하던 제품을 '상당히' 싸게 파는 곳을 발견하고 전화를 걸어 확인 절차에 들어갔다. 물건상태, 배송방법, 소요시간, 포장내용 등을 부지런히 전화와 문자로 확인한 후 '그래 완벽해, 바로 이거야' 하고는 송금했다.

송금과 동시에 연락두절이다. 문자도 씹고 전화도 안 받고. 인터넷으로 해당 아이디를 조회해보니 수배만 여러 건의 전문꾼인 듯하다. 으으, 완전 당했다. 분한 마음에 마지막 문자 한 통을 날렸다.

"감히 경찰을 상대로 사기를 쳐? 내 반드시 콩밥 먹게 해줄 테다."

그날 저녁으로 아내가 팥밥을 차려주었다. 콩이나 팥이나. 남의 속도 몰라준다고 구시렁대다 되려 핀잔만 한 바가지 뒤집어썼다.

"당신 행여 어디 가서 경찰이라고 입도 뻥긋하지 말아욧."

에휴..

다음날 경찰서를 찾았다. 하루에도 몇 번씩 들락날락하는 경찰서. 모도반님께서 한의원에서 울 아들을 만나 반가운 마음에 "아빠는?" 하고 물었다가 "우리 아빠 지금 경찰서에 있어요"라는 대답에 '무슨 사고쳤나?' 하고 생각했다던 그 경찰서.

누구 네는 이번에 어디 아파트 입주하고, 누구 네는 친정아버지가 엊그제 암수술을 했고, 누구 네는 이번에 대학 떨어진 아들 땜에 속상해한다는 등등 몇 명 안 되는 직원들끼리 서로의 사정을 속속들이 너무나 잘 알고 있는 그 경찰서.

사이버 수사팀에 피해신고를 하는데 접수하던 여경이 알듯 말듯 묘한 웃음을 흘리다 내게 들킬까봐 얼른 감춘다. 그래 차라리 대놓고 비웃어라.

"ㅇㅇ님, 목숨을 걸고 잡아드리겠습니다. 걱정하지 마십시오!"

하고 호기롭게 말하는 그 직원에게 썩소 한 번 날려주고 돌아선다.

"그래 고경장, 너무 무리하지 말고 몸 생각해가면서. 그냥 잡아주면 고맙지 뭐. 더 이상의 피해자도 막고. 헐헐"

30분쯤 후, 바로 연락이 왔다. 기특한 우리 고경장 왈, 아무래도 전문 사기꾼 같아서 시간이 좀 걸릴 것 같단다. 이런 경우를 많이 봐 왔는데 크게 기대는 안 하시는 게 좋을 것 같다는 자신 없는 목소리와 함께. 살풋 웃음이 난다. 속으로,

'목숨 건다며? 당신 목숨은 30분짜리냐? 이건 뭐 하루살이도 아니고.

궁시렁 궁시렁.'

이게 다 내 잘못이지 어디 저 사람 탓이겠나? 그건 그렇고, 아내 보기 참 낯이 안 선다. 쿨럭.


#2

2년 전 여름, 내가 속한 경찰서 축구팀이 경찰청장배 축구대회 경기 지역 예선 결승전에 진출한 일이 있었다. 전국 각 도 대표가 겨루는 본선 진출권을 놓고 두 팀 모두 한 치의 양보도 없이 사력을 다해 뛰었다.

전, 후반 각각 30분씩의 공방과 곧바로 이어진 연장전에서도 승부를 가리지 못해 결국 승부차기 하기에 이르렀고 비교적 무난한 플레이를 했던 내게 마지막 키커의 임무가 주워졌다. 상대방 선축으로 시작하여 4번 키커까지 스코어는 4:3, 뒤지고 있는 상황이라 어떻게든 동점을 만들어야하는 절체절명의 순간.

드디어 내 차례다. 두두두두. 점점 커지는 상대팀의 야유 소리에 아랑곳하지 않고 보란 듯이 달려가서 냅다 갈겼다.

"뻥~ 슈우웅"

헉! 공이 골대를 비껴 저 뒤쪽으로 사라진다.

'이럼 안 되는 거잖아.'

멍~. 순간 다리에 힘이 풀리고 동공도 풀리고 맥도 풀리고. 흡사 바이킹 타고 올라갔다 내려올 때 엉덩이가 싸~한 것과 비슷한 요상한 기분이 전신을 감싼다.

상대팀 진영에서는 북소리, 꽹과리소리 환호성이 파도처럼 일고, 우리 팀 응원단은 마치 비디오 정지화면처럼 꼼짝을 않고 있다. 승리의 만찬 장소까지 정해놨다던 서장님, 그길로 아무 말 없이 그냥 차에 오르셨다.

아, 정말 표정관리 안 된다. 동료들 보기 참 낯이 안 선다.


## #3

대학 2학년 때 일이다. 동아리 회장 선거에 얼떨결에 당선되자마자, 하늘같은 4학년 선배가 전화번호가 하나 적힌 쪽지를 내민다.

"야, ○○여대 서예동아리 총무 번호래. 우리 서우회도 먹 냄새 말고 분 냄새 쫌 맡아봐야 하지 않겠냐? 한번 잘 해봐" 하셨다.

여자 앞에만 가면 심한 울렁증에 말문이 막혀버리는 내게 이 무슨 가혹한 처사란 말인가? 몇 번의 미팅 이후 근신하듯 지내왔던 나인데 남의 속도 모르고….

'저 선배한테 찍히면 평생 따라다니며 괴롭힘 당할 텐데. 거절할 수도 없고 이 일을 어쩐다?'

'할 수 없지 뭐. 일단 저질러 보고.'

심호흡 한 번 크게 하고 어쨌든 전화를 걸어 무슨 말인가를 했다. 기억은 잘 안 난다. 워낙 더듬더듬 + 울렁거려서. 대충 자기네 학교 축제 기간이라 전시회를 하는데 회원들과 함께 오라는 뭐 그런 비슷한 내용 이었던 것 같다.

사형 집행일을 기다리는 수형자마냥 초조한 날들을 보내고 드디어 약속한 날이 내일. 올 것이 오고야 말았다. 그래도 명색이 전시회인데 방명록에 이름자나 쓰고 와야 하지 않을까 싶어, 동아리방 캐비닛을 열고 지난 축제 때 받았던 방명록을 뒤지며 '그 무엇'을 열심히 찾았다. 법정 스님이 남긴 글도 있고 꽤 유명한 분들이 다녀가신 흔적도 간혹 보인다. 한참 뒤지는데 누군가 남겨놓은 한 글자가 시선을 사로잡았다.

'飛'

캬캬캬, 이 얼마나 간결하고 멋있는 글자인가? 이거야 하고 화선지에 '날 비' 자만 미친 듯이 써 내려갔다.

'그래 이 정도면 됐어.'

연습에 연습을 거듭한 끝에 나름 만족한 서체를 완성했을 즈음, 창가가 밝아왔다. 먼동이 튼 것이다.

'휴우~ 이제 당당하게 들어가서 써 주고 나오면 돼. 캬캬캬'


선배가 날밤을 샌 사정을 알 턱이 없는 철없는 후배들 한 무더기 이끌고 그 이름도 샤방샤방한 ○○여대로 쳐들어갔다. 삐까번쩍한 제복에 007가방 들고. 떼거지로. 촌스럽게시리….

10월의 교정은 물감을 풀어놓은 듯 노랗게 물들어 있었고, 남자들만 있던 곳과는 달리 뭔가 포근한 느낌이 더해져 알 수 없는 설렘을 부추기고 있었다.

'당당하게 들어는 왔는데 과연 살아서 돌아갈 수 있을까?'

대충 통성명을 하고 전시회장을 둘러보는데 작품들이 눈에 들어올 리

있나. 관심은 온통 저~기 '방' 자 아저씨에게 가 있는데.

'이제 저 모퉁이만 돌아가면 방명록이 떡~하고 펼쳐져 있겠지? 인생 뭐 있냐? 걍 멋지게 써주고 화려하게 걸어 나오는 거다. 개발 새발 작품들과 비교조차 불허하는 차원 높은 정신세계를 보여주고 우레와 같은 박수소리를 뒤로 한 채, 그냥 불꽃같은 피날레를 장식하는 거다!'

두근 반 세근 반. 멀리서 보이는 방명록에서 광채가 나는 듯했다. 나를 다른 차원으로 데리고 가줄 그 무엇인 것처럼. 일단 그 앞에 붙들려 앉았다. 어림잡아 40명은 됨직한 엄청난 수의 사람들, 잔뜩 기대에 찬 시선들, 부담스럽다. 나 떨고 있냐? 후덜덜.

'그러나 용기를 내자. 실수하면 안 돼. 그냥 평범해서도 안 돼. 학교의 명예가 걸린 문제야.'

붓을 들어 잘 갈아져 있는 먹물 한 번 발라주고 벼루 모서리에 살짝 붓끝을 추스른 다음 심호흡 크게 한 번 하고 쓰려는 찰라, 머릿속 어딘가에서 뜬금없이 '천고마비'라는 단어가 튀어 올랐다.

'천고마비? 거 괜찮은데? 10월의 교정, 풍성한 은행잎들과 너무나 잘 어울릴 것 같잖아. 그래 플랜b로 가는 거다!'

라는 무모한 결정을 해버리고 말았다.

'한번 맡겨보자.'

예서체로, 천천히, 적당한 꺾임과 떨림을 주면서 써 내려갔다.

천. 고. 마. 비.

'구도도 괜찮고 간격도 좋고 글씨도 뭐 내 수준에선 이만하면 됐지

뭐.'

휴우~ 이제야 오랜 질곡의 터널을 지나온 듯 긴장이 풀어진다.

'이 느낌, 그래 이 느낌을 오래 기다렸어. 최선을 다한 거야. 그 누구
라도 이만큼 하기는 어려울 거야.'

스스로를 위로하며 붓을 놓는데, 기대했던 반응들이 없이 조용하다.

'너무 진한 감동을 선사했나? ㅋㅋ 녀석들.'

그때 누군가 조용히 읊조린다.

"글자가 좀 이상해요."

"하늘은 높고 말은 난다? 풋ㅎㅎ"

웅성웅성….

'어디?'

헉, 비 자가. 비 자가. '살찔 비' 자가 아니라 '날 비' 자가 적혀있는 것
이었다!!!

날 비! 날 비! 날 비!

어젯밤 나와 함께 꼬박 밤을 지새웠던 '날 비' 군이 내 안 어딘가에서
밤새 기다리다가 그때 그 자리에서 문을 열어주자마자 훌쩍 튀어나와
떡 하니 자리를 잡아버린 것이다.

'하늘은 높고 말은 난다. 이걸 어떻게 설명하지? 말이 난다고? 중력을
무시하고 말이 왜 나는 거야? 가로로 읽어야한다고 말할까? 천마고비,
하늘을 나는 천마처럼 높이 비상하라고.'

완전 망.했.다.!!!@#$%&*)($%*#

선고마비? 거 괜찮은데?
10월의 교정, 풍성한 은행잎들과 너무나 잘 어우러질 것 같잖아.
그래 플랜b로 가는 거다!

어떻게 그 자리를 빠져나왔는지 전혀 기억이 없다. 돌아오는 지하철에서 미친 듯이 머리를 쥐어박았던 기억밖에는.

지금도 ○○여대 동아리방 한켠에 고이 모셔져 있을 그 방명록, 잠입해서 태워버리고 싶은 그 방명록, 제발 지진이나 화재사고가 나서 그 방명록만 홀랑 사라져 버렸으면 좋을 그 방명록! 무너진 자존심과 땅에 떨어진 모교의 명예가 지금도 그 방명록과 함께 ○○여대 동아리방 어느 한켠에 고이 잠자고 있을 것을 생각하면 심한 울렁증이 도지는 느낌이다.

지못미, 모교의 명예여~, 안타까운 내 청춘이여~


(무늬만 경찰1 이야기는 『반듯하지 않은 인생, 고마워요』에 실려 있습니다)


삐져나오는 웃음을 참지 못하고 웃었어요. 무늬는 경찰, 속은 시트콤 작가 겸 주연배우?^^

높은 하늘을 날아다니는 말도 멋있을 것 같긴 한데요^^;; 유쾌해집니다.

저도 예전에 친척할머니 돌아가셨을 때, 화장장 화로 입관 직전에 마지막으로 유족들이 관을 둘러싸고 곡을 할 제, 저도 함께 애달픈 눈물 흘리며 잘 가시라고 빌면서 숙연해 하는데, 상주님 왈 "근데 누구시죠?" 하는 말에 살펴보니 전혀 모르는 분의 관짝인지라. 속으로는 에고에고 하면서도 겉으로는 태연하게 x폼 잡고 "흑흑, 상주님은 몰라도 되십니다!" 한 적이 있답니다. ㅋㅋ

모처럼 웃음이 활짝 묻어나게 해 주셨습니다. 역시 남의 실수담은 웃음을 불러일으키나 봅니다. 웃음꽃 무늬가 그려진 경찰이시군요.ㅎㅎㅎ

천고마飛의 뜻이 오히려 수준 높은 정신세계를 보여주는 것 같습니다. 저도 무늬만 경찰인데, 무늬만 경찰(3)은 제가 써야 할 것 같은 압박이. 윽~^^ 재미있게 읽었습니다.

지은이 **김정완** 1973년생 | 경찰

일곱 살 아들 녀석과 약간은 무서운 마누라를 둔 올해 서른일곱의 덜떨어진
경찰관.
코딱지만 한 집 장만하느라 얻게 된, 배보다 배꼽이 더 큰 대출금을 생각하
며 종종 한숨짓는 이 시대의 평범한 가장.
글을 쓴 지 몇 달이 흘렀지만 아직 그 사기꾼 잡았다는 소식은 들리지 않고,
문제의 방명록 또한 없애지 못했으며, 축구팀은 오히려 실력이 더 형편없는
팀으로 옮겨야만 했다. ㅠ.ㅠ
이제 갓 초등학교 입학한 아들은 틈만 나면 제발 같이 놀아 달라 보채고, 하
루 종일 온갖 군상의 사람들에게 시달리다 피곤에 지쳐 퇴근하면, 마누라는
집안일 안 도와준다고 통통거리기 일쑤. 객관적으로 보면 그리 여유로울 상
황이 아니건만 가끔 '인생 뭐 있냐'라며 대책 없는 호기를 부릴 수 있는 건,
그래도 어디 한구석 스스로 믿는 데가 있기 때문이 아닐지. ㅎㅎ
오늘도 숨 한 번 시원하게 쉬고 가자! 아싸~

친구의 선물

아름다운 업

밥에 관한 단상

사랑 없음

우리집 왕따

내 사랑 껌딱지

메마른 나의 가슴에

# 있잖아요 미안해요

너는 특별해. 너는 예뻐. 그러니까 힘내!
내가 특별해? 내가 예뻐? 친구의 귀한 한마디의 말.
그 소중한 선물을 다시 꺼내어 고운 손수건으로 닦아봅니다.

# 친구의 선물

어려서부터 살던 동네에는 재개발이 한창입니다. 벌써 공사가 시작된 곳, 아직 허물지 않은 텅 빈 가게들과 사람이 살지 않는 스산한 집들. 올 하반기에 빈 건물들도 모두 허물어지면 저의 어린 시절 윗마을, 아랫마을은 이 세상에서 사라지겠지요.

낯선 도시가 들어서기 전, 쓸쓸한 바람이 지나가는 아랫마을 골목길에 서서 이 마을에 살던 그리운 어릴 적 친구를 떠올려봅니다.

초등학교 시절 두 살 위의 단짝 친구. 친구는 지방에서 철도 노동자로 일하시는 아버지, 몸이 약하신 어머니를 대신해 어린 동생들 돌보느라 2년 늦게 학교에 입학했습니다. 작지 않은 키였던 저보다 머리 하나만큼 큰 키에 밝고 리더십이 강한 친구였지요. 공부도 잘했답니다.

저보다 3살 위인 제 언니에겐, 언니보다 한 살 어린 동창 친구가 있었어요. 언니 동창 친구는 제 친구랑 아랫마을 소꿉친구였고요. 하교 후 윗마을 우리 집에 모인 날은 언니의 친구가 더 어색해하며 나가서 놀던 기억이 납니다. 언니는 어릴 때부터 놀아준 적이 없었고, 이 친구가 저의 언니이자, 친구였지요.

우린 가난한 어린 시절을 지나왔습니다. 그래도 저는 밥을 굶지는 않았는데, 친구는 도시락을 싸오지 못하는 날이 수두룩. 도시락 나누어 먹는 게 미안했던 친구는 제 생일에 샤프심을 선물해주겠다고 했답니다.

생일날 아침 엄마가 차려주신 생일밥상을 놓고, 10분이 넘는 거리를 한달음에 달려가 친구를 데리러 갔습니다. 친구는 선뜻 따라나서지 못하고 쭈뼛거립니다.

"선물을 못 샀어. 내년에는 꼭 사줄게…."

식구들 먹여 살리기도 바쁜데 친구까지 걷어 먹이더니, 생일 아침까지 데려와 부산떤다고 눈치 주시던 엄마. 선물 사주지 못한 것이 미안해 고개 숙이고 밥을 먹던 친구. 그 날의 밥상은 참 편하지 않았습니다. 친구 마음이 아팠을 제 생일날을 생각하면 미안하고 마음이 아파옵니다. 친구가 제 곁에 있다는 것만으로도 큰 선물이었는데….


두 살 위의 친구가 제게 가르쳐준 것은 정말 많았습니다.

매일 지나쳐야 하는, 무서워서 죽을 것 같았던 육교를 씩씩하게 건너는 법,

공사 중이던 캄캄하고 긴 하수관을 통해 집에 빨리 가는 법,

왁스칠로 윤나게 교실바닥 청소하는 법,

남자아이들에게 골탕 먹지 않고 당당해지는 법,

냉이랑 쑥 잘 캐는 법,

개구리랑 메뚜기 잡는 법,

아랫마을 길가에 묶어놓은 무서운 소와 눈싸움하는 법,

알약 삼키는 법, 성냥불 켜는 법, 뽑기, 야구, 댄스…. 일주일 만에 포기한 새벽 등산까지.

친구가 가르쳐준 것 중 제가 잘하는 것은 없습니다. 아직도 알약을 잘 삼키지 못하고요. 여전히 성냥불도 무섭습니다.

무엇보다도 이 친구가 제게 가르쳐준 것 중 가장 소중한 것은 '이미연은 귀한 존재' 라는 것이었습니다. 울보에 말 없고 내성적이고, 늘상 풀 죽어 있고, 제가 생각해도 예쁜 구석이 없었던 제게 친구가 말해주었습니다.

"너는 특별해. 너는 예뻐. 그러니까 힘내!"

내가 특별해? 내가 예뻐? 힘이 들 때 친구의 말을 떠올렸습니다.

친구가 가르쳐 준 대로만 살았어도, 지혜로운 사람이 되었을 것 같은데…. 살면서 자꾸 잊어버리고 저의 존재를 못마땅해 했습니다. 제 자신을 힘들어했습니다.

저보다 힘겨웠을 삶의 무게를 지고도 늘 씩씩했던 친구에게 큰 빚을 지었습니다. 친구의 귀한 한마디의 말이 그 무엇과도 비교할 수 없는 귀한 선물이었는데, 그 선물을 쳐 박아두고 살았습니다. 그 소중한 선물을 다시 꺼내어 고운 손수건으로 닦아봅니다. 닦다가 닦다가 또 눈물이 납니다.

친구야!
고단한 여정의 삶이라도 당당하게 이 세상 뚫고 나가는
여전히 씩씩한 친구였으면 해.
어릴 때 고생도 많았는데 이젠 좀 행복했으면 해.

친구는 저에게 무엇인가 주고 싶었나 봅니다. 또 하나의 선물도 고이 받지는 못했지만요. 우리는 왕복 2시간이 넘는 거리를 매일 걸어 다녔습니다. 친구랑 걸으면 매일이 소풍 길이었지요.

어느 날 학교에서 집에 오는 길, 그 날 저는 주머니에 동전 한 푼 없었어요. 웬일인지 친구가 버스를 태워준다고 합니다. 남동생과 버스정거장에서 만나기로 했으니까 같이 가자고요. 신문 배달하는 친구 남동생은 저와 동창이기도 합니다. 버스정거장에 도착하자, 삐쩍 마르고 눈인사도 안 하는 무뚝뚝한 남동생이 옆구리에 신문을 잔뜩 끼고 서 있습니다.

셋이서 버스를 타는데, 돈 내지 않고 버스에 오릅니다. 제가 타고, 친구가 타고, 마지막으로 친구 남동생이 이미 신문이 몇 개 쌓여있는 운전석 옆에 신문을 놓으며 버스에 오릅니다. 뒤통수에 꽂히는 말,

"이제 신문 필요 없어! 신문 하나 내고 셋이나 타?"

사실 운전기사 아저씨가 어떤 말을 했었는지는 정확하게 기억나지 않습니다. 다만 유쾌하지 않은 표정과 눈빛만이 기억납니다. 고지식하고 자존심 강한 저는 차 뒤로 가 서서 막 울었습니다.

"차비 있다고 했잖아. 엉엉엉~"

친구는 미안하다며 어린 친구인 저를 연신 다독거렸습니다. 친구와 친구 남동생 마음이 참 아팠을 것이라는 생각이 들어서, 성장해서도 미안한 마음이 지워지지 않았습니다. 차비가 없었던 친구는 종종 동생과 만나 신문 한 장으로 버스를 타곤 했던 것이지요. 이 또한 친구가 줄 수 있는 선물이었습니다.

초등학교를 졸업하며 저는 그 친구를 졸업했고, 집에서 버스로 40분이 넘는 중학교로 배정 받았습니다. 친구가 중학교 생활을 힘들어한다는 이야기를 전해 듣기는 했지만, 달리 연락할 방법이 없었습니다. 초등학교 때는 왕초였던 친구가 중학교에 가니 선후배 자리매김이 확실해, 어린 선배들에게 자존심 상하는 일도 여러 차례였다는 소식도 들렸습니다. 학비, 교통비, 준비물 등을 내는 것도 힘든 일이었을 것입니다.

기다리던 친구에게서 전화가 왔습니다. 엄마는 친구가 방황한다는 소식을 들었기에 어린 딸에게 영향을 줄까봐 내내 신경이 곤두서 계셨고, 마침 전화가 오자, 만나자고 하면 만나지 말라고 미리 당부를 하며 겨우 바꾸어주십니다.

"미연아. 나 어제 학교 그만두었어. 집안 형편 때문에 일하면서 공부할 수 있는 곳을 찾아야 할 것 같아. 너는 학교 잘 다녀야 돼. 잘 있어."

그토록 당당하던, 저의 버팀목이던 친구의 목소리가 너무 작아서 너무 서러워서 또 엉엉 울었습니다.


그것이 마지막.

그날 이후로 친구의 목소리도 모습도 만날 수 없었습니다. 여러 가지 방법으로 찾아보려고 애썼지만 찾지 못했습니다. 가끔 삶에 지친 고단한 모습으로 꿈속에 나타나 안타까움만 남길 뿐. 이제는 보호해 주어야 하는 친구가 아니라, 힘이 되는 친구가 되고 싶은데….

친구야!

꿈속에서처럼 힘들지 않았으면 해.

고단한 여정의 삶이라도 당당하게 이 세상 뚫고 나가는

여전히 씩씩한 친구였으면 해.

아니, 어릴 때 고생도 많았는데 이젠 좀 행복했으면 해.

너를 도와줄 수 있는 진정한 친구가 곁에 있어주었으면 해.

내 대신….


그 친구의 사랑으로 제가 이곳에 있습니다. 철없어서 몰라주었던 마음, 못내 아쉬움으로 미안함으로 남아있습니다.

남은 삶은 자신을 사랑하고, 자신의 귀한 면을 만나는 즐거운 여행자로 살고 싶습니다. 도움 받는 이가 아니라, 다른 이의 아픈 마음 닦아줄 수 있는, 지금보다 넉넉한 안내자로 살고 싶습니다. 친구의 아름다운 선물처럼요.

어린아이에게도 돈이 없다는 건 자주 기죽게 만드는 일인데, 친구분이 참 씩씩하셨던 것 같아요. 그 친구분은 아마 당당히 잘 살고 계실 거예요.

정말 값진 선물을 받으셨네요. 이렇게 기억해주는 미연님을 둔 그 친구분이 참 부럽네요~ 소중한 추억 감사드립니다.^^

어릴 적에 둘도 없던 단짝이었던 친구가 생각나요. 너무 작고 말라서 바람이 세게 불면, 손을 꼭 잡아주어야 했던 친구였는데, 순수했던 시절의 기억이라서 더 오래 마음에 남는 거 같습니다.

저도 12년을 함께 손잡고 다니던 친구가 있었는데 사느라 바쁘다는 이유로 자주 연락을 하지 못하고 있네요. 그 친구에게 사랑을 전합니다.

살다보면 언젠가는 친구를 만날 날이 오겠죠. 저도 엊그제 초등학교 카페를 기웃거려봤더니, 오랜만에 친구들 소식을 접하곤 한참을 추억에 잠겼답니다.

지은이 이미연 1971년생 | 교육회사 개발연구원

무슨 일이 기다리고 있을지 알 수 없는 모험의 세계가 펼쳐지는, 오늘도 흥미진진 빛나는 하루입니다.*^^* 이 하루를 허락받은 저는 특별한 사람입니다.
제 자신과 저의 삶이 이토록 소중하고 특별하게 느껴진 것은 얼마 되지 않았습니다. 가끔은 제가 많이 미워지기도 하지만 다시 툭툭 털어버리고 씨익~ 웃으며 일어날 수 있는 힘! 그 힘의 근원은 내 안의 나를 찾아 들어가는 여행, 명상에서 비롯됩니다. 올해는 10년간 다닌 직장을 정리하려고 합니다. 왜냐고요? 가슴 뛰는 일, 이 생을 걸고 하고 싶은 일을 찾았거든요. 뻐저적~ 삶의 전환이 일어나는 해입니다.
그전까지는 어떻게 살았냐고요? 자신이 얼마나 특별하고 소중한지 모르고 어둡게 살았답니다. 알 수 없는 갈증에 속이 타기도 했지만, 제 존재의 소중함을 수없이 알려주는 기회를 만나면서도 모른 척 외면하고 땅만 보면서요. 그것을 알게 된 요즘, 그립고 고마웠던 어릴 적 친구를 떠올리게 되었습니다. "너는 특별해!", "너는 하나밖에 없는 별이야!"라고 얘기해준 고마운 친구에게 이 글을 선물하고 싶습니다. 이 세상 단 하나 뿐인, 특별하고도 특별한 여러분에게도요.

# 아름다운 업

"아이고 허리야~~ 어깨야~~~"

집에 들러 인사하자마자 아버지가 침대에 누우시며 앓는 소리를 하신
다. 아버지의 마음을 눈치 챈 난 여느 때처럼 "마마, 누우시지요~"하며
마사지를 시작한다. 머리-목-어깨-팔-손….

어릴 때부터 만져드리는 아버지의 손이지만, 오늘따라 뼈가 녹아들어
삐죽한 형체만 남은 새끼손가락이, 날씨가 흐리면 더 오그라들어 한참
을 펴 드려야 하는 손이 새삼스레 내 마음을 짠하게 한다.

부농 집안에서 6남 2녀 중 넷째아들로 태어난 아버지는 고등학교 2학
년 때 사고로 갑작스레 부모님이 돌아가시고 난 후, 큰아버지에게 모든
재산을 몰수당하고 8남매가 뿔뿔이 흩어졌다.

당시 학생회장이셨고 전국 기독교 학생회에서도 활발한 활동을 하셨
을 만큼 똑똑하고 달변가이셨다는 아버지는, 직업군인이 될 생각이 전
혀 없으셨음에도 돈이 없어서 학비 무료에 용돈까지 다 나온다는 이유

로 사관학교에 가셨다. 졸업 후 강원도 최전방의 수색중대 중대장으로 복무하실 당시 큰아버지의 중매로 엄마를 만나 결혼하셨고 나를 낳으셨다.

직장에서도 승진이 가장 빠를 정도로 인정받고 있었고, 예쁜 아내에, 고대했던 딸까지 아버지는 이제껏 누려보지 못했던 행복에 아마도 이젠 더 이상 외로움도, 고생도 끝이라고 생각하셨을지도 모른다. 하지만 그 행복은 그리 길지 못했다.


내가 세 살 되던 어느 날, 아버지는 부대원들의 만류를 뿌리치시고 홀로 지뢰밭에 들어가셨다가 결국 사고를 당하셨다. 청운의 꿈이 시퍼렇게 살아있을 약관 28세에….

세상에서 가장 고통스러운 병 중의 하나가 '화상' 이라고 했던가. 아버지는 사고를 당하셨을 당시 꿈에 강을 건너려고 하셨단다. 배가 한 척 있어 잡으려 하면 멀어지고, 잡으려 하면 멀어지고. 아마도 아버지가 그때 그 배를 타고 강을 건너셨더라면 난 아버지의 얼굴도 기억하지 못한 채 자랐을지도 모른다.

꿈에서 깨어나신 그 순간부터 아버지는 고통과 싸우셔야 했다. 가만히 있어도 바람이 스치면 면도날로 살을 베는 듯하다는데, 화상자리가 곪는다고 마취도 하지 않은 상태에서 사지가 붙들린 채 칫솔로 몸을 박박 밀어대는 통에, 그런 '목욕' 이 있는 전날엔 고통이 두려워 밤에 잠을 한숨도 주무시지 못했다고 한다.

그리고 9번이나 했던 이식수술에, 호남형이셨던 아버지의 오른쪽 얼굴은 화상 자국으로 일그러지고 입술은 비틀렸으며, 형체만 있을 뿐 뼈가 기형적으로 녹아들어 허벅지 살을 떼어 이식한 오른손은 주기적으로 오그라들기도 하고, 손바닥에는 털이 자라서 계속 마사지로 손을 펴고 관리를 해주어야 한다.

다행히 이송이 빨리 되어 다른 곳은 모두 정상이고 얼굴과 손만 다치셨는데, 젊은 나이에 보이는 곳이 그렇게 되어서인지 아버지는 심한 대인기피증을 앓기 시작하셨다.

예편을 하시고 그래도 전직 장교출신이어서인지 은행에도 정부기관에도 일자리가 있었지만, 아버지는 적응을 못하여 가는 곳마다 6개월을 넘기지 못하고 퇴사하셨다. 그래서 사업을 시작하셨는데 옛 부하에게 몽땅 사기를 당하는 등 손을 대는 사업마다 막 되려하는 순간 엎어지며 고전을 면치 못하셨다. 아버지가 그렇게 되신 덕분에 덕망 있는 양반가문에서 늦둥이 막내딸로 곱게만 자라신 어머니의 삶마저 더불어 파란만장해지기 시작한 것이다.

두 분을 살아가게 한 힘은 오직 '자식'이었다.

특히 태어나기 전부터 기대를 하셨고 남동생이 있지만, 딸 귀한 집에 태어난 나에 대한 관심과 사랑은 유독 별났다. 아버지는 이곳저곳을 다니며 일을 하시느라 일주일에 한 번, 어느 때는 한 달에 한 번 뵐 때도 있었지만, 그때마다 옷이며 과자며 한 아름 사오셔서 예쁜 옷을 입히고 꽃밭 앞에서 사진을 찍어주시곤 했다.

어머니는 내 옷은 인형옷까지 세트로 맞춰 손수 떠서 입히셨고, 물 마시는 컵 하나도 제일 예쁜 것만 골라주셨다. 어머니의 목욕값을 아낄지언정 나에겐 피아노와 바이올린을 가르치셨고 여자 혼자 직장 다니며 두 아이를 키우느라, 아버지의 빚을 갚느라 힘드실 텐데도, 나중에 우리 딸이 외교관이 되려면 양식 먹는 예법을 알아야 한다며, 엄마의 월급날엔 비록 제일 싼 돈가스라도 정장을 하고 레스토랑을 가는 등 부모님은 고생을 하셨지만 나는 공주가 부럽지 않게 컸다.

초등학교 2학년 소풍 때는 이모부가 오셔서 반 아이들 전체가 먹을 정도로 과자와 음료수를 잔뜩 안겨주시며 "아빠가 반 친구들이랑 나눠 먹으란다" 하고 가리키는 시선을 따라 가보니, 아버지가 사람들의 눈에 안 띄는 먼 곳에서 나를 흐뭇하게 바라보셨다. 아버지의 일그러진 얼굴 때문에 반장인 딸이 행여라도 아이들의 놀림을 받을까 걱정되어 이모부를 통해 대신 전해주셨던 것이다. 그때를 생각하면 난 아직도 눈물이 난다.

그리고 그 후 2년간 난 아버지의 얼굴을 뵙지 못했다. 엄마는 아버지가 큰 사고를 당하셔서 병원에 계시다고 하며 아빠에게 종종 편지를 쓰라고 하셨다. 문병을 가겠다고 했으나 병원이 너무 멀어 어른만 갈 수 있다고 하셨다. 성인이 된 후에 안 사실이지만 그때 아버지는 누명을 쓰고 옥살이를 하고 계셨고, 그때의 유일한 낙이 공부 잘하는 딸 성적표와 박스에 쌓일 만큼 많았던 내 상장을 보시는 거였다고 한다.

'병원'에서 나오신 후 아버지는 집에 계시게 되었다. 하루는 담배살

돈이 없어 내 돼지저금통을 헐어 담배를 사다 피우셨고, 그 담배를 피우며 '이렇게 살아서 무엇하나' 하고 자살을 기도하셨다고 한다. 물론 뜻대로 되지 않으셨지만….

'병원'에서 아버지가 경험하신 세상은 '유전무죄, 무전유죄.'

그 일이 있은 후 아버지는 '내 자식들에겐 내가 겪은 이 외로움과 고통을 절대로 물려주지 않을 것이다. 최고만 주고 최고로 키우겠다'는 일념으로 이를 악무셨고 무슨 짓을 해서든 돈을 벌겠다고 다짐하시며 점집에 갔더니, 어머니와 함께 '물장사'를 해야만 돈을 벌수 있다고 했단다.

"딱 10년만 이 장사 같이 합시다. 아이들 공부마치면 시골에 땅 사서 좋은 집 짓고 농사지으며, 당신 하고 싶은 것 마음껏 하면서 살게 해줄게"라며 어머니께 부탁을 하셨고, 그렇게 내가 중학교 1학년 때부터 대학을 졸업하는 10년 동안 부모님은 함께 유흥주점을 하셨다. 물론 나와 동생은 부모님이 무슨 일을 하시는지 전혀 몰랐다. 여쭤보면 그냥 "장사한다"고 하시고 "부모님 직업란에 뭐라고 써?" 하면 "자영업"이라고만 하실 뿐 무슨 장사를 하시는지 일체 말이 없으신 거다.

다만 집은 대전인데 가게는 경기도여서 엄마는 우리들 학교 보내신 후 가게에 나가셨다가 학교에서 돌아올 때쯤 오시고, 아버지는 밤샘을 하신 후 우리들과 함께 아침을 드시고 주무시는 생활을 반복하셨다. 매일 장거리 운전을 하시는 부모님이 이해가 가지 않아 "우리 가게 있는 곳으로 이사 가자"고 하면 "교육상 안 좋다"는 이유로 두 분은 10년간을 두 분을 살아가게한 힘은 오직 '자식'이었다.
특히 태어나기 전부터 기대를 하셨고, 딸 귀한 집에 태어난
나에 대한 관심과 사랑은 유독 별났다.

하루도 빠짐없이 같은 생활을 반복하신 거였다.

용한 점쟁이었는지 그때부터는 수중에 돈 마르는 일이 없을 정도로 장사가 불같이 일어났다. 1년 만에 좋은 아파트로 이사 가게 되고, 아버지는 내 돼지저금통이 계속 마음에 남으셨는지 5분 거리도 자가용을 태워주셨다. 내 옷은 중학생인데도 어른 정장보다 비싼 맞춤옷을 입히시는가 하면, 시계 하나 가방 하나 작은 액세서리 하나까지 최상품으로 사주시는 등 유난을 떠셨다.

오히려 내가 필요 없다고, 제발 이런 거 사주시지 말라고 말릴 정도로. 그리고 가족끼리 어디 다니는 것을 좋아하시는 아버지 덕분에 팔도 강산 특산품과 유명한 음식은 안 먹어본 것이 거의 없을 정도로 여행도 자주 다녔다. 아버지의 원대로 우리는 호의호식하며 누구보다 잘 자랐다.


대학생이 된 어느 날 난 우연히 친척을 통해 부모님이 무슨 장사를 하시는지 알게 되었고, 두 분이 얼마나 마음고생을 하시며 돈을 버시는지도 전해 듣게 되었다.

아침을 먹은 후,

"아빠, 엄마, 무슨 일 하시는지 알아요. 괜찮아요, 그게 어때서요. 직업에 귀천은 없다잖아요."

난 짐짓 아무렇지 않은 듯 말씀드렸지만 아버지는 조용히 나가셔서 담배를 무셨고, 어머니는 한동안 말을 잊으신 후 한숨을 크게 한 번 쉬고 말씀하셨다.

"이 일은 천한 직업이다. 말 그대로 밑바닥이지. 개처럼 벌어서 정승처럼 쓰라는 옛말이 있다. 너희들 잘 키우려면 이 길밖에 없었단다…."

어머니의 이 말씀은 아주 오래도록, 어쩌면 지금까지 내 마음을 아프게 하는 아킬레스건이자 현재의 나를 있게 한 화두이기도 하다.

이 직업이 부모님께, 특히 어머니에게 얼마나 어려운 일인지 짐작할 수 있기 때문이다. 어머니는 구한말 궁중에서 일을 하셨고 한학에 조예가 깊으신, 천상 선비셨던 외할아버지께 어릴 때부터 '인간의 도리'에 대해 들으며 유교적인 집안에서 곱게 자라셨기에, 욕을 안 하면 종업원들을 부릴 수 없을 정도로 드세고 거칠어야 살아남는 그 바닥에서, 천태만상의 인간 군상들을 마주해야 하는 그곳에 적응하시기가 남들보다 몇 배는 힘드셨을 것이다.

그리고 초등학교 다닐 때부터 향교에 보내서 명심보감과 서예를 배우게 한 딸에게 "내가 술장사해서 너희들 키우노라"라고 말씀하시는 것은 어쩌면 죽기보다 싫을 만큼 어려운 일일 것이리라.

어머니의 그 말씀에 나도 숨을 한 번 가다듬고 말씀을 드렸다.

"엄마, 사람에게 귀천은 있어도 직업에는 귀천이 없다고 하셨잖아요. 아빠, 엄마, 누구보다 훌륭하세요. 내가 귀하게 살게요. 제가 못다 이루신 꿈 대신 이뤄드릴게요…."

그렇게 난 유학길에 올랐고 내 학비를 버시느라 고생하실 부모님을 생각하며, 부모님께서 더 이상 고생하시지 않고 하고 싶은 일만 하시며 남은 여생을 살 수 있도록 보호하여 주시길 하늘에 눈물로 기도를 드렸었다.

아버지는 내가 졸업하자마자 그 업을 접으셨다. 약속하신 10년이 되는 해이기도 하고, 이젠 자식들 시집장가 보내려면 그만해야 한다는 것이 이유셨고, 또한 나름의 돈에 대한 철학이 있으셨다. '돈은 있다가도 없고 없다가도 있는 것. 운대가 맞으면 버는 것인데, 내 것이 아닌 것을 욕심내거나 잘못 쓰면 업이 된다' 였다.

저마다 기구한 사연으로 밑바닥 인생을 사는 종업원들에게 '벌금'이란 명목으로 저축해두신 개인통장을 하나씩 나눠주시고, 바람대로 시골에 땅도 사시고 멋진 전원주택도 지으셨다.

그때부터 농사를 지으시면서 정원을 가꾸시고, 두 분은 취미생활을 하시며 어려운 친척 조카들 학비도 대주시고, 독거노인, 불우아동을 도우시는 등 크고 작은 사회활동을 하기 시작하셨다. 특히 동네 어르신이나 어려운 이웃들을 발 벗고 챙기신 덕에 배타적인 시골동네에서 타지 사람임에도 인심을 얻고 자리를 잡아가며 하나둘 좋은 친구도 생기셨다.

남아돌 만큼의 돈이 있으셨던 건 아니셨다. 두 분은 인고의 세월을 견디며 열심히 일하셨고, 같은 업을 하는 다른 집 주인들이 흥청망청 돈을 쓸 때, 수중에 현금이 천 단위로 매일 왔다 갔다 해도 '내 돈이 아니다' 하시며 당신들은 옷 한 벌 제대로 산 적이 없을 만큼 절제하고, 저축하셔서 어머니 말씀대로 정승처럼 쓰셨다.

덕분에 가족들 외에는 사회와 담을 쌓으셨던 아버지의 대인기피증도 점점 사라지고, 20년이 넘게 근처에도 가기 싫어하시던 병원도 차츰 가실 수 있게 되었다. 비록 IMF 때문에 한국에서 졸업을 하게 되었지만, 나 또한 세계 곳곳을 다니며 일하고, 여행 다니며, 성공한 사람들을 만나며 부모님이 동경하고 바라셨던 대로 되었다.

별로 기대하지 않던 남동생마저 남들이 다 부러워하는 직장에 젊은 나이에 박사학위까지 따며 승승장구 하는 등, 그때부터 아버지와 어머니의 마음 깊숙이 응어리져 있던 한恨도 점점 풀리기 시작했다. 이젠 며느리까지 잘 들어와 누구나 다 부러워할 정도의 다복하고 화목한 가족이다.

부모님은 그렇게 나를 키우셨건만 어릴 적, 아버지의 무능함 때문에 엄마가 고생한다고 한때 아버지를 원망했던 적이 있다. 성인이 되고 난 후, 집이 갑자기 어려워져 부모님의 대출금과 생활비를 보태느라 빠듯했던 몇 년 동안 집이 어려워진 이유가 그렇게 겪으시고도 또 남의 말을 믿으시는 아버지의 경솔함 때문이라고 생각하며 속으로 잠시나마 아버지를 탓했던 점이 너무도 죄송하다.


업業. 그리고 직업職業.

아버지가 사고를 당하시고 갖은 풍상을 겪으신 것이 전생에 업이 많아서라고 하신 적이 있다.

그때 사고를 당하지 않고 그대로 계속 계셨다면 이사는 자주 다닐망정 지금쯤은 아마도 별을 단 장군이 돼서 고위직에 계셨을 것이고, 제법

평탄한 삶을 살았을지도 모른다. 국가가 보장해주는 직업이 있고, 부모가 없어도 형제간에 우애가 있다고 하여 결혼승낙을 하신 외할아버지도 외할머니도 금지옥엽 키우신 막내딸의 삶이 이렇게 바뀔 줄은 아마 상상도 못하셨을 게다.

도무지 이해할 수 없었다. 그 짧은 시간의 사건 하나가, 인연이, 사람의 운명을 뒤바꿔 놓은 것이고, 우리네 인생은 그 누구도 한 치 앞을 예측할 수 없는 것이었다.

명상을 하면서 우리가 삶에서 겪는 모든 일과 인연은, 우리의 진화를 위해 각자가 사인sign하고 내려온 스케줄이란 것을 알게 되었다.

그리고 직업은 자신이 가장 진화할 수 있는 도구로서 스스로 선택한 것임도 알게 되었다. 그제서야 나의 의문은 조금씩 풀렸다. 흔히 말하는 업(業, 업업, 생업)과 직업(職業, 일, 맡아 다스리다. 직분)의 '업'은 그래서 일맥상통한다.

처음 두 분이 장사를 시작한다고 하실 때 모두가 말렸다고 한다. 도무지 어울리지 않는다고. 같은 업을 하는 이웃들도 분위기 자체가 이 바닥에 안 어울리는 사람들이라며 3개월 안에 망할 것이라고 호언장담을 했고, 너무 점잖은 부모님에게 오히려 종업원들이 적응을 못했다고 한다.

하지만 자식 잘 키우겠다는 '일념一念'으로, 성실함으로, 두 분의 특기인 유머와 밝음으로 이뤄내신 것이다. 그곳에선 사람들의 본성이 다 드러난다고 하셨다. 고위직에 있고 잘난 사람일수록 더 지저분하고 정신 나간 사람들이 많다 하시고, 같은 일을 해도 어떤 사람은 항상 그 자리를 맴돌고 어떤 사람은 인생역전을 한다시며, 어떻게 사느냐가 제일 중요하다고 하셨다.

업은 '살아가는 일'이고 직업은 '업을 다스리는 직분'이다. 직업 자체에 귀천이 있는 것이 아닌, 나의 진화를 위해 어떻게 살아가고 그 직업을 통해 나의 삶을 어떻게 다스리느냐에 따라 우리의 삶이 귀격貴格과 천격賤格으로 나뉘는 것이 아닐까…. 어머니는 농담처럼 "산전수전 공중전 다 겪으며 道 닦았다"라고 말씀하셨다.

부모님은 고통의 이유라고 생각하셨던 업業과 천賤하다 여기신 직업職業을 통해 꿈을 이루셨고, 높고 밝은 한 면만이 아닌, 낮고 어두운 뒤안길도 경험하시며, 한 생의 진화를 앞당기셨을지도 모른다. 그리고 우리가 누리는 모든 혜택과 영광 뒤에는 부모님의 희생과 사랑이 있었음을 알기에, 우리 남매는 풍족함 속에서도 조금은 더 철들 수 있었고, 더 반듯하게, 더 잘되기 위해 노력했는지도 모른다.

사고를 당하고 스스로 이 세상을 떠나려 하셨을 그때, 우리에게 다시 아버지를 보내주신 하늘에 감사드린다. 아버지의 바람을, 어머니의 원을, 나의 기도를 들어주신 하늘의 사랑에 감사드린다.

무엇보다 힘든 상황 속에서도 좌절하지 않고 꿋꿋이 살아내서서 지금의 우리를 있게 하시고, 곁에 함께 계신 아버지가 눈물 나게 고맙다.

때로 장애우나, 환경미화원, 노점상을 하시는 분, 또는 그 밖에 사회의 눈으로 낮은 자리에 있는 분들을 뵐 때마다 이상하게도 아버지를 떠올리곤 했다. 그분들이 남이 아닌 나 또는 내 가족의 모습이 되었을 수도 있는 일이니까. 모두가 우리의 모습이 될 수도 있는데, 현재 우리는 저런 고생은 하지 않음에 감사함과 동시에 저분들도 누군가의 부모이시며, 자식들을 위해 저 고생을 하시는구나 생각하면 한없이 높게 보이고 존경하게 된다.

비록 앞으로 살아갈 날이 더 많은 나이지만 내가 느끼는 인생은 별것 없다. 하지만 별것 아닌 삶을 살아가는 우리의 모습은 사연마다 아름답고 의미 있다.

살아가는 일은 참 귀하고 아름다운 업業이다.

화상 환자들의 '목욕'을 병원에서 일할 때 종종 보았습니다. 보는 것조차 두려울 만큼 큰 고통인데 이렇게 귀하게 키우신 부모님께 감사드립니다.

가슴이 아려오네요. 부모님의 사랑이 큰 만큼 기대에 부응하고자 했던 님의 모습이 그려지네요. 아버님, 어머님의 건강과 진화를 기원 드립니다.

철든 딸이군요.^^ 부모님의 아픔까지 다 끌어안고 보상해 드리느라 애써온 그 어깨가 이제는 좀 가벼워졌으면 좋겠네요. 이 글로써 이미 많이 가벼워지셨을 것 같습니다.

직업에 귀천이 없다는 말은 같은 일이라도 어떻게 하느냐에 따라 귀천이 결정된다는 의미였군요. 훌륭한 부모님과, 훌륭하게 자라신 님 모두 감사합니다.

지은이 이조 1977년생 | 마음 디자이너

33세의 낙천적이고 실용적이며 동시에 이상주의적인 싱글우먼.

어릴 때부터 일하면서 세계여행 하는 것이 꿈.

24세부터 꿈이 실현되기 시작.

여러 대륙과 나라를 넘나들며 많은 사람과 사물을 접하며 읽은 결론,

"아름다운 사람이 최고의 감동을 주며, 품격 있는 삶은 돈이나 명예, 지위에 좌우되지 않는다."

품격 있는 삶을 살기 위해 '내가 진정 원하는 것은 무엇인가?' 를 찾기로 결심.

2년 6개월 전부터 명상 시작. 현재 '마음 디자이너' 로 활동 중.

# 밥에 관한 단상

밥을 챙겨주러 오늘도 나는 헐레벌떡 집으로 간다. 그 놈의 밥 좀 안 먹고 살면 안 되나. '먹고 죽은 귀신은 때깔도 좋다는데' 왠지 이 말은 '평생 중요하게 생각하는 것이 먹는 일'이란 뜻으로 내겐 들린다.

하지만 밥을 위해서 여자들이 평생 동안 치르는 고단함을 세상 사람들은 알기나 하는지….

어찌 알겠는가? 밥을 받아 드시는 남의편과 아해도 그 힘겨움을 알기는커녕 당연한 일로 여기는데. 언제부턴가 부족한 시간에 밥하는 일이 너무 고단한 날은 식구들에게 언성이 좀 높아지면서,

"내가 당신들 평생 밥해 줄라고 태어난 줄 아느냐. 한번 바꾸어서 해 보고 살아보자. 당신들이 한 번이라도 밥상을 차려서 나에게 주면 큰일 나느냐."

식구들은 처음에는 좀 어이가 없어하기도 한다.

사실 여자의 하루는 밥을 짓는 일로 시작된다. 동이 트기 전, 눈 비비고 일어나 밥통부터 열어 본다. 그리고는 쌀을 퍼내어 뽀독뽀독 씻어, 물을 맞추어 밥을 짓는다. 밥을 잘 짓기 위한 으뜸 비법은 물의 가늠인데, 밥하는 사람의 이력은 여기서 알아 볼 수가 있다.

밥이 되어가면서 나는 구수한 냄새와 소리는 사람을 참 편안하게 한다. 그 냄새는 사람에게 있는 본능적인 고향의 냄새를 떠오르게 한다. 그리고 고향을 떠나 외로움이 뭔지를 알게 된 나그네의 느낌도 난다.

밥이 다 되었음을 알려주는 삐~하는 소리에 망설임 없이 밥솥을 열면, 기다렸다는 듯이 뜨거운 김이 활화산마냥 확 솟아 오른다. 가마솥을 흉내 낸 까만색 솥단지. 질지도 되지도 않은 윤기 좔~ 흐르는 밥이 열과 물의 조화로운 수행을 거친 듯 기다리고 있다. 아무리 바빠도 밥 먹고 가라고 아우성치는 아침. 역시 밥과 함께 하루를 시작한다. 굿모닝 바~~압.

해가 중천에 뜨면 거짓말처럼 언제 아침을 먹었느냐는 듯 우리의 수송부대 위장군께서 신호를 보낸다. 국태민안을 위해 물자보급에 힘써달라고. 그 누가 아무리 눈치 빠르고 잔머리가 잘 돌아간다 할지라도 거부할 수 없는 지상 명령. 온몸으로 행동개시에 나선다.

'오늘은 무엇을 먹을까?'

얼큰한 김치찌개, 밤새 푹 고아진 설렁탕 한 그릇, 온갖 나물과 고추장의 만남이 이루어지는 보리비빔밥, 아님 시큼한 묵은지를 넣은 고등어조림. 메뉴를 고르는 마음이 왔다 갔다 바쁘다. 세상사에 무슨 결정이

자장면

밥

밥이 되어가면서 나는 구수한 냄새와 소리는 사람을 참 편안하게 한다.
그 냄새는 사람에게 있는 본능적인 고향의 냄새를 떠오르게 한다.
그리고 고향을 떠나 외로움이 뭔지를 알게 된 나그네의 느낌도 난다.

이보다 더 중요하리.

아무리 불뚝한 전두엽도 메뉴를 보는 순간 이미 이성의 회로가 마비되어 버리고 입 안에는 침이 꼴깍꼴깍 넘어간다. 밋밋한, 치우치지 않은 맛의 밥은 어떤 음식과도 조화를 이루니 어서 오시와요~ 내가 다 받아주리니. 그야말로 밥은 '무심無心'의 경지에 이른 음식이 아닐까 생각이 든다.

사실 점심點心은 마음에 점을 찍을 만큼 조금 먹으라는 뜻으로 선현들의 지혜로운 가르침이 있음에도 불구하고, 대충 먹은 아침을 보상받기라도 하듯 우리는 점심에 총력전을 펼친다.

먹는 즐거움이 세상을 사는 몇 가지 낙樂 중에 손꼽힐 진데, 토양체질의 타고난 소화력과 음식에 대한 다양한 기호는 가끔 우울할 적에 세상을 사는 위로가 되는지라 하얀 쌀밥을 김치하고라도 맛있게 먹고 나면 심각했던 일도 별것이 아니게 된다.

배가 좀 부르면 세상이 달라 보이지 않는가. 먹는 것을 즐기는 사람치고 깊은 우울증에 걸리기는 어려우리라 생각한다. 그래서 예로부터 밥숟가락을 놓으면 머지않아 숨이 넘어간다고 하는 것이다.

오늘 하루 세상을 살면서 밥값을 얼마나 하였는지 모르지만, 세상 사는 이들이 일터에서의 고단한 하루의 일과가 끝날 때쯤이면 이미 저녁밥을 향한 내면의 줄달음이 시작되었으니….

해는 뉘엇뉘엇 지고 거리를 지나다 어디서라도 구수한 된장찌개 끓이는 냄새가 날라치면 따뜻한 밥상이 있는 고향 집이 그리워진다. 이쯤 되면 남정네들의 마음에는 고향의 어머니 모습이 떠오른다.

남자들은 어머니와 밥, 그리고 여자(아내) 이 세 가지를 왜 그렇게 줄 그어 관계 짓기를 잘하는지 모르겠다. 초등학교 1학년 시험문제도 아니고. 관계있는 것끼리 연결하시오.

어머니-----밥-----아내

여자는 평생 밥 주는 사람이란 생각이 DNA 속에 들어있는 듯하다. 아마 정성이 담긴 밥상을 차려주는 그 사랑이 그리운 것이겠지. 하지만 이제 그 줄긋기는 여자들의 진화를 위해서 좀 풀어 놓았으면 좋겠다. 아이 엠 쏘리, 정규님(남편) 앤& 슬원님(딸)!

밥은 사람을 불러들이고 서로의 마음을 나누게 하는 힘이 참 크다. 그래서 누군가와 친해지고 싶을 때, 밥 같이 먹자는 말을 자주 한다. 밥을 같이 먹을 수 있는 인연은 좋은 인연인지라 결국 매일 밥을 같이 먹는 사람은 식구食口라는 관계로 맺어지니 한솥밥을 먹는 집의 식구.

지부에서 밥을 같이 먹는 도반들. 대식구이다. 언제부턴가 도반들과 밥을 더 많이 먹는 듯한데 이제 서로의 식성도 밥 먹는 습관도 다 안다.

바쁜 일과 속에서 맘 맞는 사람끼리 모여서 밥을 먹으며 이런저런 수다 떠는 시간은 밥의 에너지뿐 아니라 마음의 에너지도 충전하는 시간이다. 그래서 더욱 즐거울지니….

밥은 우리가 살아 움직일 수 있는 생기를 주고, 우리에게 사람의 정을 알게 해주며, 우리가 삶을 일구어가야 하는 이유를 준다.

이 오묘한 밥!

숨이 다하는 날까지 당신과의 동행을 즐기고 싶으이. 땡 큐 바~ 압.

🙂 한때 저의 소원이 '남이 차려준 밥 먹기'였습니다. 한 끼를 3-4번 차린 적도 있었으니까요. 그래도 시간이 지나고 나면, 살이 되고 피가 되는가 봅니다. 밥에 대한 글을 읽으며 반가움이 모락모락 피어오르네요.

🍌 밥! 밥! 밥! 하루 세끼, 여자들에게는 떼어놓을 수 없는 숙명이지요. 맛없어도 볼품없어도 꾸역꾸역, 때론 맛있게 먹어주는 가족이 한편으론 고맙기도 하구요, 호호

🙂 맞아요. 정말 밥이 원수처럼 느껴질 때가 있어요! 그래도 "밥~~~ 먹었니?" 이런 말을 들으면 왠지 가슴이 따뜻해집니다. 모든 여성들이여~ 다음 생에는 밥 없는 별에서 꼭 살아봅시다!!!

🙂 울 신랑은 요리를 잘 해주는데요.^^(허걱, 날아오는 짱돌들~) 첨부터 밥 못해, 요리 못해 했더니 조금만 해도 감사해 하더라고요. ㅎㅎ

🙂 제게 밥해주는 마누라가 있으면 평생을 헌신할 각오가 되어 있습니다. 하늘님, 저에게 마누라 한 명만 보내 주세요.^_^

🙂 선배님의 향기가 솔솔 납니다.^^ 밥상을 차리는 세상의 어머니들의 노고를 다시 한 번 느끼며, 어머니는 참 위대한 존재라는 생각이 드네요.

지은이 **홍연미** | 1963년생 | 중학교 교사

밥을 생각하면 가족들에게 미안함이 마음 한켠에 있습니다. 바깥활동을 하다보면 남편과 아이에게 밥상을 챙겨주지 못하는 경우가 자주 생기면서, 식구들이 밥을 잘 못 먹었다고 하면 미안합니다.
사람에게 본능적인 정은 여자에게 밥이란 것으로 드러나나 봅니다. 어쩜 여자에게 밥을 짓고 집안을 꾸리는 일은 평생 지고 가는 등짐 같습니다. 미안하면서도 그 밥이 주는 끈끈한 정과 부담감에서 마음부터라도 좀 가벼워지고 싶습니다.^^;

한 아이의 엄마, 아내로서, 7년째 명상을 배우고 있습니다. 엄마, 아내, 교사라는 이름으로 참 바쁘게 살았습니다. 역할들이 주는 책임에 충실하고 더 많은 인간관계를 맺으며 잘 살고 있다고 여겼습니다. 하지만 늘 마음 한켠이 허전했던 이유를 알지 못했습니다.
오랜 방황 끝에 '진정 내가 누구인지? 또 왜 사는지'에 답을 찾아가면서 내가 필요 없는 욕심이 너무 많았음을…. 정작 인생에 중요한 것은 다름이 아니라 내가 하고픈 것을 할 수 있는 여건과 시간을 만드는 것임을 배워가고 있습니다.

# 사랑 없음

중고등학교 시절 내내 내 방에 틀어박혀 절대 방 밖으로 나오지 않았던 나는, 대학에 들어온 후 수년 만에 닫혔던 말문을 열며 새어머니와 아버지의 가슴에 결코 지워지지 않을 상처가 될 말들을 한꺼번에 쏟아냈다.

정확하게 상대방의 약점을 찌르는 지나치게 논리정연한 말들 앞에 새어머니는 대성통곡하시고, 아버지는 스스로 분을 못 이겨 난생 처음으로 내 뺨을 아프게 때리셨다. 그러고도 모자라서 난 아버지의 상처를 한번 더 헤집으며 끝내 내키지 않아 하시는 아버지께 기어이 친어머니의 연락처를 받아냈다.

이렇게 해서 얼굴도 모르던 생모와의 만남이 이루어졌다. 실망뿐이었던 그 만남이.

대학 원서를 낼 무렵 집에선 내가 약대에 가주길 많이 바라셨다. 그래서 동네 약국 아주머니를 유심히 살펴봤다. 어린 내 눈엔 텅 빈 약국을 지키고 앉은 그 모습이 그렇게 지루해 보일 수가 없었다. 딱히 가고 싶은 과가 따로 있었던 것도 아니었지만, 아무리 그래도 약국 아줌마는 절대로 하지 말아야겠노라 결심했다.

그래서 그때 내 생각엔 그나마 비슷한 진로로 느껴지는 의대에 가야겠다고 생각했다. 진로 상담을 받아 보니 의대에 가기에 성적도 충분하고, 모든 게 가능했다. 부모님도 내가 약사보다 의사가 되겠다고 하면 더 좋아하실 거라 생각했다.

그런데 뜻밖에도 집에선 의외의 반응이었다. 의대에 진학하겠다는 나의 말을 들으신 새어머니는 그 자리에서 안색이 변하시더니 수심에 가득한 얼굴로,

"네 성적에 무슨 의대를 가니…?"

하고 힘없이 말했다. 이미 전문적인 진학 상담을 받았고, 아무 문제 없다고 말씀드려도 도통 반응이 신통찮았다. 아버지는 찬성하는 것도 아니고, 그렇다고 반대를 하시지도 않고 애매한 태도이셨다.

'친딸이 아니라고 내가 잘되는 게 그렇게도 싫은 건가?'

순간 눈물이 핑 돌았다. 그러자 끝끝내 의대에 가고 말아야겠다는 괜한 객기 내지는 오기가 불끈 솟았다.

나는 부모님과 끝없는 신경전을 펼치며 억측에 추측을 더해 새어머니를 아주 몹쓸 팥쥐 엄마쯤으로 치부해버린 후, 고집을 피워 마침내 의대에 진학했다. 부모님은 비싼 의대 등록금을 대시느라 허리가 휘었고, 분

에 넘치는 대학을 간 나는 결국 휴학과 복학을 반복하며 어렵사리 학업을 이어나갔다.

엎친 데 덮친 격으로 IMF 때 경제적으로 큰 타격을 입으신 아버지가 동생들 공부라도 제대로 시켜보시겠다고, 그 늦은 나이에 미국행을 결심하게 되신 데에는 결국 이때의 나의 괜한 고집이 큰 이유가 되었다.

사실 새어머니는 나를 사랑했다. 적어도 그러려고 최선을 다했다는 걸 이젠 안다. 다만 자신이 낳은 어린 두 자녀의 장래 또한 똑같이 걱정스러우셨던 것이다. 아버지는 정년퇴직을 바라보고 계셨고, 늦게 본 두 동생들은 아직 어렸었다.

그 와중에 내가 공부하는 기간도 길고 학비 또한 만만찮은 의대에 진학하게 되면, 샐러리맨 아빠의 경제력으론 어린 두 동생의 뒷바라지가 불투명해질 수밖에 없었을 것이다. 게다가 허구한 날 방에만 틀어박혀 있는 의붓딸에게 졸업 후엔 어린 두 동생을 챙겨달라고 스스럼없이 말하기엔 우리 사이에 너무 냉기가 흘렀다.

"네 성적에 무슨 의대를 가니…?"

하는 볼멘소리 뒤에는 어린 두 자녀의 불투명한 장래를 걱정하면서도, 냉랭하기만 한 의붓딸이 어려워 속 시원히 속내를 털어놓지도 못하는 새어머니의 한숨이 애처로이 묻어 있었다.

아버지를 떠올려 본다. 재혼 이후 갑자기 멀어져 버린 아버지를….

많이 원망했다. 상처도 받았다. 예쁜 새 마누라에 빠져 이제 두 딸은 안중에도 없는 거라고, 그만 우리가 귀찮아져 버린 게라고. 아버지의 일거수일투족에서 나의 모자란 넘겨짚음의 증거들을 수집하고, 심중에 물증을 더해가며 어리석은 그 추측을 확신으로 몰고 갔다.

사실은 이랬다. 홀아비 생활 8년. 아비는 지칠 대로 지쳤다. 아무리 채워줘도 어미의 빈자리를 채우기에는 혼자 힘으론 역부족이었다. 홀로 두 몫을 하기에는 아비 또한 그땐 너무 어렸다.

그런 그에게 어리고 착한 한 여자가 다가왔다. 그녀는 그를 진심으로 사랑했고, 그의 힘겨움이 안쓰러웠고, 그래서 그의 짐을 나눠지고 싶어 했다. 여전히 어린 그녀의 경험 없음이 그녀를 겁 없이 두 아이의 엄마로 만들었다.

서툴고 어찌해야 할 바를 몰라 하루하루가 좌충우돌이었지만 그녀는 열심이었다. 그녀의 진심만은 순도 100%였기에 아비는 안심이 되었다. 거친 숨을 몰아쉬며 쉼 없이 달려온 아비는 그제야 한숨을 돌렸다. 서툴지만 열심인 그녀의 '사랑'에 기대어 얻은 8년여만의 귀한 휴식이었다.


수많은 억측과 짧은 논리로 어지럽혀진 나의 지난날들을 바라본다.

사랑이 없는 정확함은 부정확함에 다름 아니며, 사랑이 없는 논리는 한낱 비논리에 지나지 않음을….

눈에 보이는 사실만을 아무리 정확하게 본다 한들, 사랑의 눈으로 보이지 않는 이면까지 헤아려 보아주고 무던히 기다려주는, 크고 넓은 정확함 앞에는 한없이 부끄럽기만 하다.

겉으로 드러난 현상만을 제아무리 논리적으로 분석해 본다 한들, 얇은 논리를 뛰어넘는 사랑의 마음과 이해의 큰 능력 앞에는 여지없이 무릎을 꿇게 된다.

남에게 상처를 주고 스스로 몇 배나 더 아파야만 했던 뼈아픈 '경험'들이 내게 이 같은 사실을 일깨워 주었다. 나의 편협하고 예리한 잣대로 주변 모두를 저울질하며, 스스로도 미치지 못하는 그 높은 기준을 세상 모두에 강요하며, 한없이 깔보며 그렇게도 나는 어리석은 삶을 살아왔다. 세상에서 가장 부정확하고, 비논리적인 삶을….

좀 늦은 감이 있지만 그래도 이제는 나의 수많은 억측들을 사과하려 한다. 더불어 나의 얇은 논리를 사과한다. 나의 어설픈 정확함을 깊이깊이 사과한다. 그리고 그 무엇보다도 나의 '사랑 없음'을 사과한다.

나의 사랑 없음과 어리석음에서 비롯된 수많은 억측과 원망들을 무한한 사랑과 인내로 감싸주시고, 기다려주시고, 견뎌주신, 순박하기만 한 부모님께 죄송한 마음을 전하고 싶다. 그리고… 나의 사랑 없음에 상처받았을 수많은 영혼들에게 참 많이 미안하다.

🧑 정확하게 보고 정확하게 행동하기란 참 어려운가 봅니다. 1년 만에 재혼하신 저의 아버지보다 더 많이 애쓰신 아버님께 파이팅! 깊은 상처를 '사랑 있음'으로 아물게 하고 있는 선배님께도 파이팅!입니다.

🌙 저도 저의 수많았던 억측들, 그로 인해 상처 주었던 분들께 사과하고 싶어지네요. 그런데 참 그때가 되어서야만 알게 되는 부분이 있더라고요. 그 전엔 절대 알 수 없는 것들. 그것을 가르쳐주는 것이 인생인가 봅니다.

🧑 아픈 상처들이 있기에 사랑이 더 크고 위대하게 보이는 것 같습니다. 세상의 모든 상처받고 아픈 사람들을 따뜻한 사랑으로 치유하는 도반님의 모습을 그려봅니다.^^

🧑 많이 받고 싶었으나 많이 주는 것이 '진짜 인생'이라는 것을 알아가는 것이 우리의 인생여정이 아닌가 합니다. 부족하지만 시 한 수 올립니다.


인생

나들이 길이 아닌 줄은 알지만 나들이 길 같았으면 합니다.
예쁜 꽃들도 피어 있고 나비들도 날아
피고름 맺힌 발가락들도 잊은 채
조금만 더 가면 쉴 수 있으려니 한 밤만 더 자면 도착하려니 하다가
나도 모르게 도착해 버린 그곳이길.
그런 길이었으면 합니다.

잔칫날들이 아닌 줄은 알지만 잔칫날 같았으면 합니다.
알록달록 떡도 찌고 풍선도 매달고
살점 떨어진 피 맺힌 상처들도 서로 꿰매어 가며
한마당, 한바탕 놀아보니
바로 무아지경, 바로 그 지경이었으면 합니다.

소풍 가는 길이 아닌 줄은 알지만 소풍 가는 길이었으면 합니다.
막상 떠나면 고생길이지만 그래도 설레이고 행복한 소풍 전날처럼
단 한 알의 사탕에 그렁이던 눈물 거두고
꼬까춤 추며 앞으로 앞으로 뛰어가는
그토록 절박하고 순박한 아이였으면 합니다.

30년을 넘게 어린애로 살아온 모자란 사람입니다. 온전히 나의 것으로 부여받은 내 삶조차 내 뜻대로 하지 못하여 어쩔 줄 모르면서요.

나는 하고 싶지 않은 일들을 억지로 해야만 했고, 하기 싫은 공부도 꾹 참고 했습니다. 남들에게 뒤처지고 남보다 못한 삶을 살게 될까봐 늘 초조해하면서 우왕좌왕했습니다.

삶이 생각만큼 만족스럽지 않은 이유는 날 짜증나게 하는 누군가 때문이며, 언제나 기대만큼 좋지만은 않은 나의 환경 때문이라고 믿어왔는데, 30줄에 접어들어서야 그것이 누구 때문도, 그 무엇 때문도 아닌 바로 '나 자신' 때문임을 알게 되었습니다. 스스로에게 만족할 줄 모르고, 자신을 제대로 사랑하고 있는 그대로 받아들이는 방법을 몰랐던 자신 때문이었음을…! 자신을 있는 그대로 온전히 받아들이고 이해하며 제대로 사랑할 줄 아는 첫 시작은, 바로 내 이웃을 이해하고 온전히 받아들이는 일에서부터 시작된다는 것도 알았습니다.

매일 아침 해 뜰 무렵의 짧은 아침명상은 나를 찾아 떠나는 여행길입니다. 그 길에서 만난 숱한 '미안함'들은 나를 자꾸 울게 하고 내 가슴을 녹여줍니다. 그러면 그 길 어디선가 '고마움'이 다가와 내 가슴을 부드럽게 어루만지며 따스히 덥혀주는군요. 저는 이 친구들과 손잡고 이 길의 끝까지 걸어가 보려 합니다. 진정한 자유와 내 안에서 빛나는 보석 같은 삶의 의미를 찾아서….

# 우리집 왕따

우리집 왕따 아버지께

생각해보면 저도 아버지를 좋아했던 기억이 몇 개 있습니다. 사우디 건설현장에서 벌어온 돈으로 동네에서 최초로 지은, 정면 외관은 화강암으로 장식했던 그 집에 살던 시절, 해는 이미 져서 어둑어둑할 즈음에 저 멀리 오시는 아버지를 발견하고 작은형과 소리 지르며 달려 나간 기억이 하나 남아있네요. 형은 오른쪽, 저는 왼쪽, 그렇게 목 아프게 올려다본 아버지가 참 든든하고 좋았습니다.

또 하나는 TV를 보는 아버지 품에 안겨서, 수염이 다시 자라나면서 까슬까슬해진 아버지 턱을 쓰다듬는 게 참 행복했던 기억입니다. 어쩌면 그 두 기억은 같은 날의 기억일지도 모르겠습니다.

그 외엔 아버지를 좋아한 적이 없는 것 같네요. 항상 어린 시절을 생각하면 회색빛 톤이 드리워집니다. 물론 우리 식구가 배를 곯은 적은 없고, 학교도 별 탈 없이 다 마쳤고요. 고생은 어머니와 아버지 두 분만 하셨는데, 그런데도 아버지를 좋아하지 않은 이유가 참 신기하죠? 아버지 딴엔 참 많이 애쓰셨을 건데요.

어느 순간 식구들이 아버지를 제외하고 서로 뭉쳐 있는 걸 발견하셨을 때 참 허탈해 하시던 일이 기억납니다. 어느 늦은 밤 깨어보니, 큰형은 그 시절 외박이 잦았고, 작은형과 제가 있는 방에 어머니가 오셔서 도란도란 이야기를 하는데 아버지 방문을 여시고 당신만 혼자 남겨둔 걸 알고 말을 잊지 못하셨습니다.

그 시절 다 아버지를 싫어했기 때문이었죠. 어머니는 어찌 되었건, 꽤 여러 해 '돈'이라는 녀석 때문에 항상 아버지와 싸워서 미웠겠고, 큰형과 작은형이 아버지를 싫어한 이유는 저와 별반 다르지 않았을 겁니다.

항상 엄마를 못살게 구는 존재, 언제나 얼굴은 술에 취해있어 바라보기도 싫고, 가끔 손찌검을 하는 날엔 어린 마음에 꽤나 충격이 컸습니다. 게 중에는 철없는 이유도 있었지요. 힘든 농사일을 자식들이 좀 도와주면 좋겠구만, 철없는 아들놈 셋은 일 안 하고 도망칠 궁리만 했으니….

아버지에 대한 미움이 점점 커져만 갔던 이유는 거의 모든 상황에서 바보, 멍충이라는 말로 저의 판단이 틀렸다는 것을 알려주셨기 때문입니다. 글씨 못써서 바보 멍충이가 되고, 뭐 시키면 제대로 못한다고 바보 멍충이가 되고, 이러면 이렇다고, 저러면 저렇다고 바보 멍충이가 되고, 아버지 앞에선 어느 순간 전 아무 생각도 안 하게 되었지요.

수원에 있는 고등학교를 가게 되어 수원시를 아버지와 같이 가던 날이 있었어요. 아버지도 초행길이어서 여길까? 저길까? 저에게도 물어보시는데 전 대답도 없고 무표정으로만 일관했었죠. 이미 철없는 마음에 아버지와 별로 얘기하고 싶지 않아서였습니다.

고3이 되고 어느 날, 진로를 정해야 하는 시간이 왔을 때였지요. 그때, 제가 어느 대학교 천문학과를 가겠다고 했을 때 아버지의 반응은 분명 비웃음이었습니다.

글쎄요, 지금 생각해보면 천문학과를 생각했던 게 확실히 좀 철없던 면이 없지는 않았지만, 이 땅의 교육 속에서 평범한 학생들이 인생의 진로를 진지하게 고민할 시기는 별로 없지 않았을까 싶어요.

게다가 그때는 한참 밤하늘의 별이 너무 아름답게 느껴지던 시절이기도 했고요. 일주일이 멀다하고 떨어지는 다양한 색깔의 별똥별들을 바라보면 가슴이 뻥 뚫리는 기분마저 들었었지요. 어느 이른 새벽에 양치질을 하면서 올려다본 하늘에서 별 하나가 사라지는 광경을 목격했을 땐, 정말 보물을 발견한 기분마저 들었습니다. 그래서 천문학이라고 결정을 했었지요. 별을 계속 바라보고 싶다고 생각했었으니까요

그런데 확실히 아버지는 비웃음으로 대답을 해주셔서 아들이 아버지에게, 식구끼리도 '모욕감' 이라는 걸 주고받을 수도 있구나 하는 생각도 들었습니다. 앞으로도 진솔한 대화는 힘들 것만 같은 기분이 들었습니다. 어쩌면 아버지는 제 인생의 걸림돌이 될지도 모르겠다 싶었지요.

아버지, 너무 늦게 아버지를 이해하게 되었네요.
원래 아들들은 아버지를 이해하는 게 쉽지 않다고 하네요.
이제나마 아버지의 고단함을 조금 헤아릴 수 있을 것 같아요.

"얘들아, 아버지 죽는다!"

어느 가을, 논에는 물이 흥건해 트랙터가 들어가지도 못해 추수할 벼들이 가득 남아있던 늦은 밤이었습니다. 어머니의 절박한 목소리를 듣고도 귀찮아서 못들은 척 잠을 청했던 것은 아버지가 싫었기 때문이었죠. 생각해 보면 아버지는 이렇게나 아들 셋을 철없이 키우셨네요.

아버지는 여기저기 병원을 돌다가 대학병원 중환자실에 안착하셨죠.

저는 아버지가 어찌 되어도 울지 않을 자신이 있었어요. 싫었으니까요. 그리고 인생이 이젠 자유로워질 수도 있구나 그런 생각도 들었어요.

의사로부터 가망 없을 거라는 말을 듣고 나니… 참 신기했어요. 잠깐 화장실에 가고 싶은 생각이 들었거든요. 그렇게 울지 않을 자신 있었는데, 그냥 나오는 눈물을 참을 도리가 없었네요. 이런 것이 핏줄인가 싶었어요.

우는 게 들키면 창피하니까 혼자 몰래 울려고 화장실에 들어갔는데, 예나 지금이나 작은형 눈치 없기는, 좀 비켜주면 좋을 것을 꼭 같은 화장실에 있어야 하나. 그때 맘 편히 울지도 못했습니다. '작은형 있는 데서 울면 창피한 거다' 이빨 꽉 깨물다가도 툭 터져 나오고. 한번 터져 나오는 울음은 도저히 막을 길이 없었어요. '아 쫌 비켜라 쫌, 창피하게스리' 속으로 작은형에게 핀잔을 주면서 그렇게 화장실에서 꽤나 오래 있었죠.

아버지, 아직 60도 안 되셨죠. 다른 게 슬픈 거보다 그 짧은 생을 살다 가실 것을, 그렇게나 하루도 맘 편할 날, 몸 편할 날 없이 살다 가는 게 얼마나 허무한가 싶어 참 슬펐네요. 깨끗한 옷 한 번도 못 입었다고 어머니 통곡하실 때, 그때서야 알았습니다. 아 정말 그러셨구나.

남자가 철이 든다는 것은 어찌 보면 저의 경우는, 무조건 엄마 편을 들었다가 서서히 아버지를 이해하기 시작한다는 뜻이기도 한 것 같습니다.

어느 겨울에 아버지가 내년 농사에 대해 어머니에게 이런저런 의견을 물었을 때, 난 모르니 알아서 하라는 대답을 듣고 버럭 화를 내셨던 기억이 있습니다. 시간이 지나고 나서 그때가 가끔 생각났어요. '외로우셨겠다. 맘 편히 의견을 나눌 사람이 아무도 없어서.'

아버지 혈액형이 A형이었죠. 숫기가 없는 혈액형이라는데 자식 셋 먹여 살리려고 부끄러운 상황들을 많이 헤쳐 나갔을 거라는 생각도 들었습니다. 그래도 아버지 병원에 계실 때 동네 분들이 벼를 다 베 준 걸 보니 제가 따라갈 수 없는 면이 계시구나 싶었습니다. 인덕을 많이 쌓으셨네요.

아버지 가시고 어머니가 그러셨어요. 병원에 가시던 그해 여름에 배가 볼록해서, 일이 한가해지면 병원에 좀 가라고 해야겠다고. 전 어머니도 아버지 별로 안 좋아하시는 줄 알았어요. 부부사이 정의 깊이는 제가 상상할 수 없는가 봅니다. 사우디 시절 아버지가 보내온 편지를 다시 꺼내 읽어보시던 모습을 한 번 본 적이 있는데 참 놀랐습니다.

아버지 아픈 모습을 알아챈 분은 이 넓은 세상에서 어머니 한 분밖에 없었네요. 어머니 이 아픈 거 치료할 돈도 아까워서 고래고래 소리 지르던 당신인데, 자신의 몸뚱이 어찌 되는 것에 돈 쓰기도 아까우셨을 거란 생각이 들었습니다.

아버지 마지막 유언이 지금도 기억납니다. "큰형 오라고 해" 그때, 아버지 속마음 다 읽었습니다. "이제 몸 다 나았으니 비싼 병원비 물 거 없다. 퇴원하자"였겠죠.

아버지 가시고 집에서 버럭버럭 소리 지르는 사람은 없어서 저희들 꽤나 평안하게 지내고 있습니다.

그래도 어머니 한 분 가슴속에 엉킨 실타래를 풀어줄 아들 녀석이 하나도 없네요. 큰형은 장가들고 딸 둘이나 낳았으니 어머니 여한 중에 1/3은 풀었는데, 둘째형이나 제가 '속을 썩이고' 있습니다. 셋 중에 하나만 장가들었으면 성공한 건데 뭘 그리 욕심이 많으시냐고 투정을 부리기도 하지만, 어머니 마음 안 편하시니 저도 맘이 그리 편하지는 않습니다.

아버지, 너무 늦게 아버지를 이해하게 되었네요. 원래 아들들은 아버지를 이해하는 게 쉽지 않다고 하네요. 이제나마 아버지의 고단함을 조금 헤아릴 수 있을 것 같아요. 죄송해요.

아버지, 언제고 뵈올 날 오겠지요. 다시 뵈올 때까지 평안히 잘 계셔요.

– 막내아들 올림.

저도 그렇지만 자식들이란 참... 다 그죠?^^;; 자식을 키워봐야 부모 마음 안다는 말씀이 맞는 거 같아요. 부모님도 약하디약한 한 인간일 뿐인데, 부모라면 이래야 한다, 저래야 한다. 이런 것들로 얼마나 힘들게 해드렸는지. 자식들은 정말 반성해야 합니다.^^

조금씩 내비치시던 아버지에 대한 사연을 풀스토리로 듣기는 첨인 것 같아요. 같이 울다가 끝내는 모두 다 안아드리고 싶어집니다. 아버지도, 아들들도, 어머니도요. 그렇게 우린 조금씩 넓어지고, 깊어지고, 낮아지는 과정에 있나봅니다.

나도 군시절에 화장실에서 30분 펑펑…. 남자도 울어야 합니다.^^

저는 대만님이 효자인줄 알고 있었어요. 역시나 그러시군요.^^ 아버지를 이해하시는 순간부터 효자가 아닐는지요.

지은이 **김대만** 1974년생 | 컴퓨터 프로그래머

판타지 이야기를 좋아합니다. 그러다 보니 자연히 판타지 소설과 애니메이션에 관심이 많은 청년(?)입니다.

아무리 나이를 먹어도 부모님을 완전히 이해할 수는 없겠지요. 결혼을 해서 자식을 낳아보지 않는 이상…. 직장 동료들은 둘은 낳아야 자식 키운다는 소리를 할 수 있다고도 하더군요. 그런 이유로 아직 노총각인 저는, 어머니와 아버지의 마음을 완전히 이해할 수는 없을 겁니다. 그래도 살아온 시간이 쌓여가니 어느 정도는 가늠을 할 수 있을 것 같습니다.

혼자 살기에도 녹녹치 않은 세상인데 아들 셋을 농사로 뒷바라지 하면서 힘들다는 소리도 안 하시고, 자식들에게 부모님들은 무슨 죄를 그리 지으셨기에 그 고생을 웃으면서 하셨을까 싶기도 합니다.

다시 시간을 돌려서 예전으로 간다고 해도 아버지를 살갑게 대할 수 있을지는 모르겠지만, 그 사랑에 눈물 맺히지 않을 수는 없네요. 세상 모든 부모님들께 존경과 감사의 인사를 올립니다.

# 내 사랑 껍딱지

저에게는 개성이 강한 작은아이가 있습니다. 일곱 살 어린 나이에 어찌나 자존심이 강한지 한번 아니라고 하면 마음을 돌릴 재간이 없습니다. 마음도 단단해서 어린 나이에 체질식을 잘하고 있습니다. 먹고 싶은 것을 너무 잘 참아주어서 가슴이 아플 때가 많습니다. 금양체질이라 먹을 수 있는 것보다 못 먹는 것이 더 많습니다.

지난 육 년 동안 작은아이는 정말 고생이 많았습니다. 밤마다 가려워서 잠도 못 자고 정확하게 두 시간마다 깨어나 울었습니다. 같이 깨어나 긁어주다가 저도 지치고 힘들어 함께 울던 시간이 많았습니다.

피투성이가 된 아이를 보면 미칠 것 같았습니다. 아이 울음소리도 저를 힘들게 했습니다. 아이는 비록 자기가 긁었지만, 가려워서 못 참고 긁었지만, 빨간 피를 보고 놀라서 울고, 전 감정을 조절하지 못해 화내며 울고, 화가 넘쳐 손을 대기도 하였습니다.

화가 심하면 아이를 때릴 수 있다는 것을 직접 경험해서 알게 되었습니

240

다. 지금 생각하면 아이에게 정말 미안합니다. 미안하고 또 미안합니다.

아침에 회사에 가는 길에 유치원에 맡기고 가면 하원시간까지 있지도 못하고 집으로 옵니다. 가려움을 참지 못하고 긁어버리면 순식간에 피투성이가 되고 선생님께선 어쩌지 못하시고 집으로 보냅니다.

아이가 조용하면 가슴이 뛰면서 불안합니다. 어디서 몰래 긁고 있을까봐 찾아다닙니다. 아침에 눈을 뜨고도 부엌으로 가지 못합니다. 잠에서 깨어날 때도 많이 가려워하기 때문입니다. 밥을 하다가도 설거지를 하다가도 10분을 넘기지 않고 아이가 무엇을 하나 확인해야 합니다. 언제 긁어버릴지 모르니까요.

그렇게 몇 년을 고생하다 보니 전 몸도 마음도 피폐해져 갔고, 아이는 성격이 까칠해지고 짜증 잘 내는 아이가 되었습니다.

하지만 언제인가부터 이건 내가 겪어 넘겨야 하는 일이란 생각이 들었습니다. 누가 대신해 줄 수 없는 일이란 생각이 들었습니다. 그때부터 화를 내지 않으려고 노력했고, 아이가 피나도록 긁더라도 담담하게 받아들이려고 했습니다. 자다 깨더라도 짜증내지 않고 다시 잠들 때까지 돌보아 주고, 다시 깨서 울면 또 다시 긁어서 재워주었습니다.

'이건 내 숙제야' 라고 생각했습니다. 그렇게 마음먹으니 화내는 빈도도 줄어들었습니다. 그러다가 우연히 알게 된 곳에 가서 약을 지어 먹이고, 발랐는데 거짓말처럼 나았습니다. 밤에도 깨지 않고 잘 잡니다. 낮에도 물론 가려워하지 않고 잘 놉니다. 얼굴에는 혈색이 화사하게 돌고 성격도 밝아졌습니다. 언제 아팠나 싶습니다.

"이제 아토피 없어져서 좋지?"

"응, 엄마가 화 안 내서 좋아."

전 그만 할 말이 없어졌습니다. 나의 짜증과 화가 아이에게 얼마나 큰 두려움이었을까 생각하니 가슴이 조여듭니다. 아토피로 몸이 힘든 것보다 내가 더 힘들게 한 것 같습니다.

작은아이는 태어나면서부터 유난히 저를 따랐습니다. 어린이집에서는 별명이 '껌딱지'였습니다. 행사 때면 언제나 제 등에 붙어서 땅에 발을 딛지도 않았습니다. 그렇게 저를 좋아하는 아이에게 큰 상처를 준 것 같아 미안합니다.

감추고 싶은 일이 하나 있습니다. 기억에서 지우고 싶을 만큼 부끄러운 기억입니다.

아이가 네 살 되던 해 봄. 여전히 아토피는 승했고 전 힘들었습니다. 꽃샘추위에 저를 찾아온 감기가 폐렴이 되었습니다. 회사에는 병가를 내고 병원치료를 받고 있는네 도무지 호전될 기미가 없었습니다. 약이 좋아 쉽게 치료할 수 있다던 의사선생님께서는 한 달이 넘어가자 폐결핵을 의심하게 되었습니다.

전 거울을 통해 납빛으로 된 얼굴을 보면서 몸이 아프면 마음도 아프단 사실을 알았습니다. 우울증이었는지 눈물이 쏟아져 가족들과 전화통화를 할 수 없었습니다. 약은 먹고 있었지만 밤에 제대로 잘 수 없었기

이제 아토피 없어져서 좋지?"

"응, 엄마가 화 안 내서 좋아."

아토피로 몸이 힘든 것보다 내가 더 힘들게 한 것 같습니다.

때문에 증세는 점점 심해지고 있었습니다.

어느 날 저녁, 작은아이가 미니카가 고장 났다며 징징 울면서 고쳐달라고 보채었습니다. 전 꼼짝 못하고 누워있었는데 징징거리는 아이의 울음소리에 폭발해버리고 말았습니다.

"날 좀 내버려 둬!"

외침과 함께 아이가 쥐어주는 자동차를 벽에 내동댕이쳤습니다. 컵을 들 힘도 없던 저에게 징징대는 아이 울음소리는, 제 몸 안에서 화가 되어 제 손끝에 모여 폭발적인 힘을 발휘했는데….

아이가 울고 있었습니다. 정신이 퍼뜩 나서 아이를 바라보니 입에서 피를 철철 흘리고 있었습니다. 제 손을 떠나간 미니카는 벽으로 간 것이 아니라 아이 입술에 부딪혔고, 아이는 놀라고 아파서 악을 쓰며 울고 있었습니다. 제가 무슨 일을 저질렀는지 그때서야 알 수 있었습니다.

아이가 얼마나 놀랐는지 다시는 그때 이야기를 안 합니다. 마치 기억에서 지워버린 것처럼. 엄마가 자기에게 이렇게 험하게 대할 수 있다는 사실에 놀란 것이지요. 그 충격으로, 엄마에게 실망하고 그 기억을 지운 것 같습니다.

입술이 터져 피가 많이 났고, 택시를 타고 응급실로 달려가는 요란한 사후처리가 있었고, 그 충격으로 두 번째 앞니가 없어졌는데도 아이는 그때 일을 절대로 말하지 않습니다.

"앞니가 벌써 빠졌네?" 하고 누군가가 물으면,

"사과 먹다가 부러졌어요" 하고 대답합니다.

그때 충격으로 금이 가 있던 앞니가 며칠 후 사과 먹다가 부러진 것은 사실이지만, 멀쩡하던 이가 사과 먹다가 부러지지 않는다는 것을 모르는 듯이 말합니다.

"엄마가 화가 나서 미니카를 던졌는데 제 앞니가 부러졌어요"라고 말하지 않습니다. 사실 그래서 더 미안합니다.

아이도 믿기지 않는 일이라 기억하고 싶지 않았나 봅니다. 왜 그랬냐고 물어본다면 정말 미안하다고 이야기하고, 내 마음이 조금 가벼워질 텐데 아직은 내가 더 마음고생 하면서 반성하라고, 앞으로 또 그러지 말라고 아무 말 안 하는 것 같습니다.

그래서인지 더욱 마음 깊이 반성하고 있습니다. 아이들을 키우면서 화를 내지 않도록 항상 다짐하고 있습니다. 그 화가 아이들에게 상처를 주지 않길 노력하고 있습니다.

아토피 고치는 것이 소원이었던 아이가 생일 촛불을 끄면서 무슨 소원을 빌었을까 궁금하여 살짝 물어보았습니다.

"비밀인데 마법학교에 다니고 싶어."

마법사가 되어 가장 하고 싶은 일이 무엇일까요? 화 안 내는 착한 새엄마를 원하지는 않을까 무섭습니다.^^;

겉으로 드러난 모습 이면에 참 많은 사연들이 숨어 있는 것이 인간 같습니다. 읽으면서 아이 생각에 마음이 아팠지만 해피엔딩으로 끝나서 좋습니다. 님의 모습이 곧 저의 모습이지요.^^

영경님의 아이가 너무 예쁘게 생겨 한참을 보았습니다. 보고 있는 제가 절로 평온해 질만큼 순수함이 가득했습니다. 아마도 그런 과정의 어려움이 아이를 평온하게 만들지 않았을까 생각됩니다. 글을 쓰면서도 훔쳤을 영경님의 눈물이 이젠 엄마도 밤에 푸욱~ 주무실 수 있는 평온으로 바뀌시길 바랍니다.

저는요. 뜻(?)하지 않게 생긴 둘째아이 때문에 '부담스러워한 죄'가 있어요.@@ 그래서 그 아이를 볼 때마다 미안하답니다. 정말 예쁜 딸이고, 조물주님께서 주신 귀한 생명인데…. 우리 모두 사랑합시다. 뜨겁게^^

공감합니다. 저희 아들도 비슷했습니다.

매일 옷이 피투성이었고, 가려워서 집중을 못하는 아이를 붙잡고, 그래도 해야 한다며 ㄱ, ㄴ..을 가리키는 엄마가 자주 폭발하였습니다. 반 정도는 제가 말려서 멈추었지만, 몇 번인가는 저도 폭발했었지요.
어느 날인가는 아이가 하도 맞아서, 앞이 안 보인다고 하더군요.
때릴 땐 언제고, 껴안고 걱정하는 아이러니를 지켜보며 애를 데리고 한밤중에 병원으로 향했는데, 길에 지렁이가 죽어 있었죠.
아이에게 이게 뭔데 죽어 있지 하고 물으니,
"지렁이잖아 아빠!"
"그렇구나~ 근데 이게 보이니?'@@#$%##
5년이 지나 중이 되었는데, 여전히 여름에도 긴 팔, 긴 바지를 고집하고 사진 찍기를 극도로 거부하죠. 소년이 되면서 아토피가 거의 사라져서 흔적만 많습니다. 스스로 가려먹기도 하고, 엄마도 많이 변해서 반성을 하고 있답니다.
문제는 남편은 저~만치고, 아들만 껴안고 삽니다. 그래서 한편 좋기도 합니다만….^^

PS: 엄마가 진짜 안 보였느냐고 그때 일을 물어봤더니 '뻥'이었답니다. 하지만 그렇게라도 하지 않으면 죽을 것 같답니다.^^

246

지은이 김영경 1968년생 | 한국농어촌공사 연구원

부족한 면도 있지만 평범하게 큰 어려움 없이 두 아이의 엄마로 살아왔습니다.

큰아이가 학교에 가야 할 때가 되어 교육에 대해 고민하다가 발도르프교육을 알게 되었습니다. 큰아이는 지금 발도르프학교(대안학교) 4학년이고, 작은아이는 내년에 같은 학교에 들어갑니다. 발도르프교육은 100년쯤 전에 독일에서 시작한 교육인데 인지학人知學을 배경으로 하고 있습니다. 그 교육 이론이 이상적인 것은 알겠으나 어찌나 표현이 어려운지 관련 서적을 읽어도 이해하지 못하는 부분이 많았습니다.

작년에 우연히 수선재에서 나온 책을 읽게 되었습니다. 그동안 제가 이해하지 못했던 세상에 대한 이해와 어려워했던 참교육에 대한 이해가 한꺼번에 가능하게 되었습니다. 비록 명상을 알게 된 것이 짧은 기간이지만 명상은 저의 생활에서 큰 비중을 차지하게 되었고, 덕분에 어렵기만 했던 육아와 자녀교육이 자연스럽고 편안하게 이루어지고 있습니다.

# 메마른 나의 가슴에

5년 전의 그날은 아버지, 어머니, 동생과 나 이렇게 함께 펑펑 울었던 날이었습니다.

마음에 있는 모든 것들이 승화되어 눈물로 쏟아졌습니다. 가슴이 뻥 뚫리는 것을 경험했습니다. 아버지의 마음도, 어머니의 마음도, 동생의 마음도, 그리고 나의 마음도 하나가 되어 있었습니다.

어쩌지 못하는 현실을 마주보며 그러나 그러한 현실이 마음을 모아서 서로를 더욱 이해할 수 있는 구심점이 되었다는 생각을 그때는 하지 못했었습니다. 그냥 서로를 바라보면서 한참을 울었습니다.

그때로부터 4년여 전, 그 건강하시고 활력이 넘치시던 어머니는 갑자기 뇌질환으로 쓰러져 병원에서 사경을 헤매게 되셨습니다. 그러나 2년여에 걸친 생사를 넘는 수술을 잘 이겨내어 의식이 회복되셨고, 또 뇌질환에 필수적으로 온다고 하는 장애도 거의 없이 수술은 잘 되었습니다.

하지만 후유증으로 갑자기 쓰러지시거나 주무실 때 발작을 일으키는 일이 잦아졌습니다. 그동안 평생 해보지 않았던 식사, 빨래, 청소는 아버님께서 도맡아 하시게 되었습니다.

이러한 일도 즐겁게 받아들이시던 아버지셨지만, 밤마다 반복되는 어머니의 발작과 낮에도 가끔씩 쓰러지셔서 동네 분들에게 업혀오는 어머니를 바라보시는 아버님의 마음을, 멀리 있는 자식들로서는 그리 크게 헤아릴 수 없었습니다.

그저 큰 수술에서 큰 후유증 없이 살아나신 것만이라도 너무 감사하다고만 했고, 그러한 결과로 동네에서 효자 소리를 듣는 것이 마음을 교만하게 만들었던 것 같습니다. 자식들 살아가는 데 지장을 줄 것 같아 힘들다는 말씀을 안 하시던 아버지께서 "이제 힘들어 못하겠다"는 말씀에 동생과 함께 고향을 찾았던 것입니다.

그때 아버지가 힘들어하시는 모습을 처음 보았습니다. 서울에 올라오시는 것을 그렇게 싫어하시던 분이 서울에서 저희들과 같이 사시겠다는 말씀을 들으니 얼마나 힘드셨는지 이해하게 되었습니다.

어머니는 어머니대로 그러한 현실이 너무 부담이 되셔서 말씀을 못하시고, 우리는 이러한 상황을 어찌해야 할지 몰라서, 그리고 이러한 상황을 이제야 알게 되었다는 죄송한 마음에 한참을 말이 없다가, 어머니의 흐느낌에 모두 울음이 터져 버렸습니다. 나와 동생이 눈물만 흘리다가 마침내 큰 소리로 울게 되고, 아버지도 우시게 되면서 이제까지 한 번도 본 적이 없는 눈물과 흐느낌을 보았습니다.

그렇게 소리 높여 울기를 한참…. 나의 메마른 가슴에 단비가 촉촉이 내리는 것을 느꼈습니다. 아니 우리 가족 모두의 가슴에 단비가 내리고 있다는 것을 느꼈습니다. 말로 하지 않아도 모든 것을 이해할 수 있었습니다. 그렇게 서로의 얼굴을 바라보며 눈물을 흘리면서도, 웃음이 피어나는 것을 동시에 느낄 수 있었습니다.

그때까지 힘드셨던 아버지의 모든 마음이 녹아 내렸고, 가족들에게 엄청난 부담을 준다고 생각하는 어머님의 마음이 편안해졌고, 자식 된 도리로서 이러한 상황을 헤아리지 못했다는 죄스러운 마음에 어찌할 줄 모르는 나와 동생의 마음이 실타래 풀리듯이 그냥 풀어져 버렸습니다.

그때 나는 '나의 마음이 그동안 너무 메말라 있었구나. 가까운 가족의 마음도 헤아리지 못할 정도로 그렇게 중요한 일을 하고 있었는가?

40여 년 이상을 살아오면서도 배려하고 헤아리지 못하는 메마른 마음을 가지고 있었구나' 하는 안타까움이 더욱 물밀듯이 밀려와 울음을 주체하지 못했습니다.

그러한 서로의 마음이, 한자리에서 서로를 이해하는 마음을 넘어 눈물로 승화되어 가고 있던 그때의 장면이, 아직도 내 마음 한구석에 또렷이 자리 잡고 있습니다.

그 일 이후 나는, 나의 메마른 마음을 접할 때마다 그때 기억을 떠올리곤 합니다. 아직도 이기적이고 헤아릴 줄 모르고 닫혀있다는 생각이 들 때마다, 그래서 미안하고 죄송스럽고 후회가 일 때마다, 그때의 일을 생각하면 나의 메마른 가슴에는 단비가 내리곤 합니다.

아직도 더 살갑게 아버지를 대하지 못한다는 죄송함이 있지만 그래도 그때의 눈물은 저에게 평생 단비가 될 것입니다.

눈물 그게 때로는 참 보약 같습니다.

힘드셨을 겁니다. 눈물은 메마른 마음을 적시는 촉촉한 단비인 것 같습니다.

눈물이 공감대가 되어 강물처럼 흐른 순간이 삶에 단비가 되는군요. 그 순간이 느껴지며 뭉클해집니다.

요즘 많이 말랑말랑한 가슴이 되어가고 계시잖아요.^^ 부모님의 건강을 기원 드립니다.

같이 눈물을 나눈다는 건, 서로 많은 것을 이해하게 해주며, 서로의 응어리진 감정을 스르르 녹여주는 것이겠지요.

2001년은 제 인생에서 무척이나 어려웠던 때로 기억합니다. 지금은 그냥 씩 웃고 말지만요. 참 많은 일들 때문에 심신이 피로해 있을 때, 친하게 지내던 직장 선배님이 한번 해보는 것이 어떠냐 하는 권유로 시작하게 된 것이 명상입니다.

명상을 하면서 '삶을 바라보는 시각이 이토록 다양하구나' 하는 것을 날이 갈수록 느끼게 되었습니다.

주변 친구들은 명상을 하면 공중부양 하는 것 아니냐 하고 장난을 걸어오지만, 진정 살아있음을 느끼게 되는 순간은 공중에 뜨는 기분 정도는 아무것도 아니었지요.

돌이켜 보면 지금까지 살아오면서 많은 실수와, 남에게 상처를 준 일이 많이 있었는데 그것을 미처 헤아리지 못하고 있었다는 것을, 그리고 겸손하지 못했다는 것을 이 글을 써보면서 더욱 확연히 알게 되었습니다.

메마른 저의 가슴에 단비가 내리는 순간의 기억은, 저의 마음이 흐려질 때 나타나는 맑은 거울이 되고 있습니다. 그리고 명상으로 매일 흐려진 마음을 닦아내고 있습니다. 이 세상이 맑아지는 데 조금이라도 도움이 되었으면 하면서요.^^

누군가에게 미안함이 있다면 편지를 써보세요.
굳이 전해주지 않더라도 쓰기만 해도 홀가분해질 것입니다.